D0652352

# L'ÉCLAT DE CRISTAL

# LES ROYAUMES OUBLIÉS

# L'ÉCLAT
# DE CRISTAL

## par

# R. A. SALVATORE

## Couverture de
## LARRY ELMORE

# FLEUVE NOIR

Titre original :
*Crystal Shard*

Traduit de l'américain
par Michèle Zachayus

Collection dirigée par Patrice Duvic
et
Jacques Goimard

Royaumes Oubliés, Forgotten Realms et le logo TSR sont des marques
déposées par TSR, Inc.

© 1988, 1995, TSR Inc. Tous droits réservés.
TSR Stock N° 8411

ISBN : 2-265-07456-X
ISSN : 1257-9920

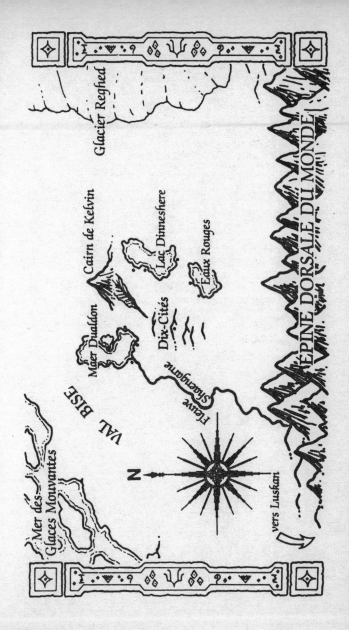

# PROLOGUE

Le démon trônait dans le pied évidé d'un champignon géant. La boue cernait l'île rocheuse : le limon mouvant caractérisait cette région des Abysses.

Errtu tambourinait de ses doigts crochus ; sa tête cornue, en forme de pomme, roulait sur ses épaules.

— Où es-tu, Telshazz ? siffla-t-il.

Il lui tardait d'avoir des nouvelles de la relique. Crenshinibon le hantait. Quand il aurait le précieux Eclat de Cristal, Errtu s'élèverait de plusieurs plans dans les Abysses.

Il avait failli l'avoir !

Sept liches, ses maîtres, avaient uni leur magie noire pour créer l'Eclat de Cristal. Les liches, âmes désincarnées de puissants sorciers ayant refusé de rendre l'esprit à leur mort, s'étaient ingéniées à concevoir cette quintessence du Mal qui se nourrissait de ce que les défenseurs du Bien considéraient comme le trésor le plus sacré : la lumière du soleil.

Des siècles plus tôt, Crenshinibon était né en consumant les liches, volant leur magie pour alimenter ses premiers feux. La formidable explosion avait rejeté Errtu dans les Abysses.

Il venait de retrouver la localisation de l'Eclat maléfique : Cryshal-Tirith, une tour de cristal dont le cœur palpitant était à l'image de Crenshinibon.

Au moment où il allait l'atteindre, un être angélique à l'immense puissance, Al Dimeneira, l'avait banni d'un mot.

— Telshazz ? beugla Errtu.

— Oui, mon maître, répondit le démon inférieur.

— L'a-t-il eu ? Al Dimeneira a-t-il l'Eclat de Cristal ?

Telshazz se recroquevilla.

— Oui, mon seigneur... Euh, non, mon seigneur ! Il n'a pas réussi à le détruire.

— Ah ! Où est-il alors ? L'as-tu apporté ou est-il toujours dans la seconde tour de cristal ?

— Non, maître, geignit le petit démon.

— Où est-il ?

— Al Dimeneira l'a jeté.

— Comment ?

— Il l'a lancé de toutes ses forces loin de notre plan, ô puissant maître ! J'ai essayé de l'arrêter, mais...

La gueule canine d'Errtu se referma sur sa gorge, étouffant ses paroles dans le sang.

*
* *

A des mondes de distance, Crenshinibon termina sa course folle dans les montagnes des Royaumes Oubliés, au nord.

L'ultime perversion se nicha dans un vallon enneigé en forme de bol.

Et attendit.

# LIVRE PREMIER

## DIX-CITÉS

# CHAPITRE PREMIER

## LE COMPARSE

En vue des pics blancs du Cairn de Kelvin, les sorciers de la caravane poussèrent un gros soupir de soulagement. Trois semaines plus tôt, ils avaient quitté Luskan pour gagner la lointaine ville frontalière connue sous le nom de Dix-Cités.

La première semaine s'était écoulée sans histoire ; savourant les brises estivales, la colonne avait longé la Côte des Epées.

En abordant les éperons de l'Epine Dorsale du Monde, considérée par beaucoup comme la frontière de l'univers civilisé, les mages avaient vite compris pourquoi on leur avait fortement déconseillé ce voyage de plus de cinq cents lieues. Le Val Bise, un millier de lieues de toundra désolée, était une des terres les plus inhospitalières des Royaumes Oubliés. Très vite, Eldeluc, Dendybar le Bigarré et les autres se dirent que pareille réputation n'était pas volée. Circonscrit au sud par des montagnes infranchissables, à l'est par un glacier en expansion et au nord par un océan impraticable perclus d'icebergs, le Val Bise était uniquement accessible par le défilé serpentant entre l'Epine Dorsale du Monde et les côtes. Seuls les marchands les plus hardis s'y aventuraient.

Les deux traits inoubliables de ces contrées ravagées étaient l'infini mugissement des vents et la désolation grise régnant à perte de vue.

Au pied du Cairn de Kelvin, la réunion de dix bourgades autour de trois lacs constituait la seule attraction du morne paysage. Comme tout voyageur, les sorciers s'intéressaient à la cornedentelle, orgueil de Dix-Cités : des sculptures raffinées taillées dans les crânes de truites.

Certains nourrissaient d'autres ambitions, moins avouables.

*
\* \*

La dague effilée perça le flanc du vieil homme avec la ridicule aisance d'un couteau pénétrant dans du beurre.

Pétrifié d'horreur, Morkai le Rouge fixa son assassin : l'apprenti qu'il élevait comme un fils depuis un quart de siècle.

Akar Kessell lâcha l'arme et recula. Comment son maître, mortellement blessé, tenait-il encore debout ? Terrifié, il sentit le mur dans son dos. Il n'avait nulle part où aller. Le vieux mage avait-il vaincu la mort ?

Quel terrible châtiment subirait-il des mains de son mentor ? Quelles indicibles tortures endurerait-il pour prix de son infamie ?

La vie quitta les yeux écarquillés du vieil homme. Il ne posa pas la moindre question : de toute éternité, la soif de pouvoir armait la main des traîtres. L'instrument de son exécution était étonnant, non le motif. Qu'avait à espérer de sa mort un empoté comme Kessell, à peine capable d'articuler les incantations les plus simples ?

Morkai sombra dans le néant.

Kessell se ressaisit. Son maître éliminé, il recevrait sa propre cellule de méditation en récompense, et un cabinet à Luskan.

Eldeluc, Dendybar le Bigarré et les autres le lui avaient assuré.

*
* *

Dans la sombre allée où s'étaient donné rendez-vous les conspirateurs de passage au Havre du Levant, Kessell rapporta son forfait avec fierté.

— Parle moins fort, imbécile ! le tança Dendybar le Bigarré.

L'homme se dissimulait dans l'ombre. Taciturne, il s'exprimait d'une voix atone en toutes circonstances. Son sang-froid inhumain tenait les autres à distance. Kessell le craignait plus que tout.

— Morkai le Rouge, mon ancien maître, n'est plus, reprit-il à voix basse. A compter de ce jour, Akar Kessell, désormais connu comme Kessell le Rouge, fait partie de la Guilde des Sorciers de Luskan !

— Pas si vite, l'ami, dit Eldeluc, paterne, échangeant avec ses complices des clins d'œils entendus. Les formalités attendront notre retour.

Savourant son ascension sociale et le respect qu'on allait lui témoigner, Kessell se perdit en rêveries.

Eldeluc le raccompagna le long de l'allée.

— Va aux écuries informer le maître que nous repartons cette nuit même.

— Que faisons-nous du corps ? s'inquiéta Kessell.

— Laisse-le. Les marchands de passage le découvriront. Que signifie un meurtre de plus ou de moins dans cette région ? Rien ! Les gens ne se mêlent jamais des règlements de compte entre sorciers. Maintenant, va ! Rejoins-nous au coucher du soleil.

Le groupe regarda partir le jeune homme fou de joie.

— Quelle chance d'être tombé sur cet idiot congénital, lâcha Dendybar. Cela nous a évité bien du tracas. Les dieux seuls savent ce qui a poussé le vieux loup à s'attendrir sur ce misérable et à le prendre comme apprenti !

Satisfaits, les thaumaturges pouvaient rentrer chez eux.

# CHAPITRE II

## SUR LES RIVES DE MAER DUALDON

Les mains derrière la nuque, confortablement adossé à un arbre moussu, Régis, l'unique petit homme à des lieues à la ronde, pêchait.

Son ventre rebondi attestait de son amour de la bonne chère. La canne à pêche, coincée entre deux doigts de pied poilus, se reflétait à la surface du lac paisible de Maer Dualdon. La ligne frémit doucement ; l'appât fut gobé sans que le pêcheur s'en soucie. Du reste, il s'écoulerait des heures avant qu'il s'en aperçoive.

Régis se relaxait. Avec les premières neiges, ce serait sans doute sa dernière excursion au lac avant longtemps. D'une avidité inégalée, seuls les humains continuaient à pêcher en plein hiver. Le petit homme avait stocké de la cornedentelle pour sept mois. Il faisait vraiment honneur à son peuple, généralement dépourvu d'ambition. Même l'été, les petites gens préféraient le sud au nord. N'eussent été ses démêlés avec la Guilde des Voleurs, Régis aussi aurait adoré repartir avec son baluchon.

Une barre d'« or blanc » et des couteaux de ciseleur

brillaient près de lui, ainsi qu'une ébauche de cheval. Régis voulait y travailler tout en pêchant.

Régis désirait faire beaucoup de choses.

Il faisait trop beau. Pour une fois, les démons qui pliaient ces terres âpres à leur volonté semblaient être en villégiature, le temps d'une trêve automnale. Une telle occurrence était rarissime au Val Bise le bien nommé : les vents mordants le balayaient sans trêve ni repos. Les brises plus tempérées du sud se heurtaient à l'Epine Dorsale du Monde.

A travers les frondaisons, Régis observait les nuages cotonneux. Une pluie d'or solaire dispensait ses bienfaits à ces rudes contrées. Dans un mois, les neiges arriveraient ; dans deux, seuls les nigauds ou les plus résistants tenteraient encore de gagner Luskan sur des routes impraticables.

Par ce beau temps, les pêcheurs étaient sortis en force, à la recherche du « coin miraculeux ». L'insatiable convoitise des humains ne manquait jamais d'étonner le petit homme.

Jadis, au sud de Calimshan, Régis avait brûlé les étapes pour devenir l'associé du maître d'une des Guildes de Voleurs les plus importantes.

Le maître de sa Guilde, Pacha Pook, possédait une merveilleuse collection de rubis ; leurs facettes parfaitement taillées semblaient hypnotiser quiconque les regardait. Après tout, Régis avait subtilisé *une* pierre précieuse. Etait-ce un si grand crime ? Il en restait onze à Pacha. Pourquoi était-il si enragé ?

Depuis, ses hommes de main forçaient Régis à fuir toujours plus au nord. Si Pacha avait le bras long, son influence ne s'étendait pas dans ces régions oubliées des dieux. Dix-Cités s'avérait un refuge sûr et paisible ; pour les artistes comme lui, capables de sculpter de délicats chefs-d'œuvre, il y avait un joli magot à se faire.

Le petit homme était résolu à sortir de sa léthargie

pour monter une fabuleuse entreprise de cornedentelle.

Bientôt.

\*

\* \*

Ses bottes soulevant à peine la poussière, Drizzt Do'Urden courait en silence. Ses boucles neigeuses repoussées sous sa capuche, il évoluait avec tant de grâce qu'on eût pu le prendre pour un mirage de la toundra.

L'elfe noir se sentait aussi vulnérable le jour qu'un humain la nuit. Plus d'un demi-siècle passé sous terre ne s'oubliait pas en quelques années. Le soleil l'épuisait et lui donnait le vertige. Mais Bruenor l'attendait ; il poursuivit sa route après l'aube.

Les rennes avaient entamé leur migration automnale vers la mer. Cette fois, les humains ne les pistaient pas. Les grottes où les nomades stockaient d'ordinaire des provisions restaient vides. Drizzt en comprit les implications. La survie des tribus dépendait de ces grands troupeaux. Le brusque abandon de leur routine avait de quoi inquiéter.

Il entendait les tambours de guerre.

Ces lointains roulements de tonnerre portaient des messages aux autres tribus. L'elfe noir n'en ignorait pas le sens. Fin observateur des coutumes et des traditions, il connaissait la valeur de l'expérience accumulée.

Atteignant les limites de son endurance, il força encore l'allure. En cinq courtes années, il s'était pris d'affection pour l'ensemble de villages humains qui formait Dix-Cités. A l'instar des autres réprouvés qui s'y étaient réfugiés, Drizzt n'avait été accueilli nulle part ailleurs dans les Royaumes. Même là, on le tolérait, sans chercher à lui nuire. Il avait eu plus de chance que la plupart : ses amis avaient réussi à faire abstraction de sa couleur de peau et à apprécier sa véritable nature.

Inquiet, il avisa le Cairn de Kelvin : la montagne solitaire signalait la vallée des nains, nichée entre Maer Dualdon et le lac Dinneshere. Mais ses merveilleux yeux violets, capables de rivaliser avec ceux d'un hibou la nuit, jaugeaient difficilement une distance le jour.

Pressant le pas, il se replongea dans ses souvenirs de Menzoberranzan, la cité souterraine de ses ancêtres. Autrefois, les Drows avaient foulé le monde de la surface, dansant au soleil et sous les étoiles avec leurs cousins blancs. Hélas, les elfes noirs étaient des tueurs-nés au-delà de toute rédemption. Après l'inévitable guerre entre nations elfiques, les Drows avaient dû se réfugier dans les entrailles de la terre. Ils avaient découvert un monde de secrets et de magie noire ; ils s'y étaient installés. Au fil des siècles, les elfes noirs s'étaient développés, retrouvant leur grandeur. Ils avaient dépassé leurs cousins blancs : pour ces derniers, la magie était un passe-temps, non une nécessité.

Alors, les Drows avaient perdu le goût du soleil et des étoiles. Ils s'étaient adaptés corps et âme à leur nouvel environnement, refaisant surface pour des pillages occasionnels. Autant qu'il sût, Drizzt était l'unique Drow vivant à l'air libre. Même s'il s'était fait tant bien que mal à sa nouvelle existence, il souffrait encore de faiblesses héréditaires sous la lumière du soleil.

Compte tenu de ce net désavantage, il fut furieux de sa propre négligence quand deux yétis de la toundra se dressèrent devant lui.

*
* *

Un drapeau rouge flottait sur le mât du bateau de pêche, signalant une belle prise.

Un second se hâta d'arriver sur les lieux ; les deux équipages brandirent aussitôt des armes et se défièrent. Après un bref échange d'insultes entre les capitaines, on en vint aux mains. Blasé, Régis surveilla les nuages du coin de l'œil. Semblables prises de bec entre pêcheurs étaient monnaie courante. Cela allait rarement plus loin.

— Ah, petits poissons, que de problèmes vous causez, marmonna le témoin, songeant à l'ironie du sort.

Les dix communautés devaient leur prospérité à la truite argentée qui peuplait les lacs. Sa tête démesurée, grande comme un poing, avait la dureté lisse de l'ivoire. On ne la trouvait nulle part ailleurs. Même si la région fourmillait de barbares et souffrait de fréquents orages, l'attrait d'un enrichissement rapide faisait venir des gens du fin fond des Royaumes.

Le Val Bise était une morne vallée battue par les vents où rôdaient mille dangers. La Mort hantait les lieux, emportant les mal avisés et les plus faibles.

Cependant, depuis la découverte de cette espèce unique de truite argentée, Dix-Cités avait connu une rapide expansion. Initialement, les neuf villages n'étaient guère plus que des hameaux de pêcheurs. A l'origine une colline nue à l'exception d'une baraque, le dixième, Bryn Shander, abritait à présent plusieurs milliers de résidents.

Les bateaux de pêcheurs pullulaient sur les lacs glacés. A elle seule, Targos, la plus étendue des villes, pouvait armer plus de cent vaisseaux sur Maer Dualdon, dont nombre de schooners.

Le petit homme devait admettre que c'était le meilleur havre de paix qu'il eût trouvé. En raison de ses talents, il avait été élu porte-parole d'un des bourgs. Même si Bois Isolé était situé au nord, où se terrait la lie de la racaille, Régis considérait néanmoins sa nouvelle charge comme un honneur. De plus, étant l'unique véritable cornedentelier du village, lui seul avait l'envie et la possibilité de se rendre fréquemment à Bryn Shander, le cœur de l'agglomération. Il devint le principal lien entre les deux cités, apportant les prises des pêcheurs au marché moyennant un dixième des bénéfices. Cela suffisait à lui assurer une vie confortable.

Une fois par mois l'été, et tous les trois mois l'hiver quand le temps le permettait, Régis était tenu d'assister aux sessions du Conseil, à Bryn Shander, et de remplir ses devoirs de porte-parole. Même s'il y était surtout question de disputes territoriales mesquines, c'était un faible prix à payer pour tant d'avantages.

L'échauffourée se conclut par une mort d'homme ; le silence retomba. Régis jeta un coup d'œil aux dizaines de lotissements en bois nichés entre les arbres qui constituaient Bois Isolé. La forêt offrait un abri contre les vents mugissants. Seul son éloignement de Bryn Shander avait empêché le modeste bourg de s'agrandir.

Régis tira le rubis « emprunté » de sous sa tunique et le contempla.

— Ah, Pook, soupira-t-il, si tu pouvais me voir maintenant...

*
* *

L'elfe n'eut pas le temps de dégainer ses deux cimeterres. D'instinct, il pivota à gauche. Le monstre le plus proche lui plaqua le bras droit le long du torse. Ignorant la douleur, Drizzt cala son autre cimeterre contre sa hanche ; l'élan du second yéti le fit s'empaler sur la lame dressée.

Dans les convulsions de l'agonie, la bête lui arracha son arme.

Le survivant fit basculer l'elfe sous son poids. Drizzt parvint à bloquer sa gueule d'une main. Ce n'était qu'une question de secondes avant que son adversaire en finisse avec lui.

Soudain il y eut un violent craquement. Du sang et de la cervelle jaillirent de la tête du yéti.

— Tu es en retard, elfe ! dit une voix rauque familière. Je savais bien que je te retrouverais en mauvaise posture, comme toujours...

Avec son long nez pointu souvent cassé et sa barbe rousse striée de gris, Bruenor Battlehammer apparut dans son champ de vision.

Souriant de soulagement, Drizzt se dégagea du cadavre, tandis que son ami récupérait son arme.

— Où est ton gros chat ? grogna le nain.

L'elfe noir fourragea dans son baluchon et en sortit une statuette de panthère en onyx.

— Je ne qualifierais pas Guenhwyvar de chat.

Il la retourna affectueusement entre ses doigts.

— Bah, un chat, c'est un chat ! Pourquoi n'était-il pas là quand tu avais besoin de lui ?

— Même un animal magique a besoin de repos.

— Sale temps pour être surpris ainsi, quand on est un elfe noir, et un ranger qui plus est ! Ces sales monstres ne sont même pas comestibles !

Il nettoya sa lame ensanglantée sur l'herbe avant de partir en direction de la montagne.

Drizzt rangea la figurine, reprit son second cimeterre et lui emboîta le pas.

— Allons, l'elfe ! Nous avons plus de cinq lieues à parcourir.

Son ami eut un sourire discret.

— Va hardiment, Bruenor Battlehammer, souffla Drizzt dans sa barbe. Sache que les monstres qui croisent ton chemin s'abstiendront soigneusement de pointer le bout de leur museau !

# CHAPITRE III

## LE HALL DE L'HYDROMEL

Loin au nord de Dix-Cités, les frimas de l'hiver avaient déjà verglacé le sol. Aucune montagne ou forêt n'arrêtait plus les vents venus de l'est et du glacier Reghed. Les grands icebergs de la Mer des Glaces Mouvantes dérivaient lentement. Vers le sud, les tribus nomades n'avaient pas suivi la migration des troupeaux de rennes comme à l'accoutumée.

Dans les plaines se dressait le camp des barbares : leur plus grand rassemblement, si loin au nord, depuis un siècle. Les tentes réservées aux chefs formaient un cercle. Au centre était érigé un pavillon en peaux de rennes destiné à l'ensemble des guerriers : Hengorot, le « hall de l'hydromel ». Avec révérence, les solides Nordiques y rompaient le pain et buvaient en l'honneur de Tempus, dieu de la Guerre.

Le roi Heafstaag et la tribu de l'Elan arriveraient en dernier. Les festivités précédant le conseil avaient débuté. Sous l'Hengorot, tous les différends entre tribus s'oubliaient momentanément.

Fier et grave, le roi Beorg, un homme robuste à la crinière blonde, siégeait en bout de table. Les barbares

25

du Val Bise faisaient une bonne tête de plus que l'habitant moyen de Dix-Cités.

A l'instar des contrées arides qu'ils sillonnaient, leurs visages tannés leur donnaient un air aguerri et hostile. Ils méprisaient leurs voisins de Dix-Cités, des freluquets amollis par un confort matériel sans valeur spirituelle.

Dans le hall révéré se tenait pourtant un de leurs représentants : deBernezan, un natif du Sud. Nerveux, le regard fuyant, il gardait les épaules voûtées. Si l'envie lui prenait, un seul de ces rustres pouvait l'étendre pour le compte.

— Ce soir, tonna le roi Beorg, tu bois l'hydromel avec la tribu du Loup ! Si tu montres ta peur...

Il n'eut pas besoin d'achever sa phrase. L'avertissement était clair. Inspirant un grand coup, deBernezan se redressa.

Bien qu'il le cachât, Beorg aussi était anxieux. Le roi Heafstaag, son rival acharné, commandait des forces aussi disciplinées et nombreuses que les siennes. Contrairement aux raids barbares habituels, Beorg voulait conquérir Dix-Cités, asservir les survivants et faire main basse sur leurs biens. Sa tribu connaîtrait enfin un luxe qu'elle n'imaginait pas. Tout dépendait maintenant de l'assentiment du brutal Heafstaag. Seuls la gloire personnelle et les pillages l'intéressaient. Si le succès couronnait leur entreprise, Beorg devrait compter avec lui et sa soif de sang. Pour l'heure, il fallait s'entendre sur le plan de campagne. Si Heafstaag refusait, les autres clans de moindre importance hésiteraient entre Beorg et lui. Ce serait un rude coup : l'hiver était à leurs portes, les troupeaux de rennes déjà loin. Heafstaag était rusé ; en réalité, les tribus n'avaient plus le choix. Quelles conditions dicterait-il à son rival Beorg ?

L'atmosphère restait conviviale et joyeuse. Il s'agissait d'unifier les tribus contre un ennemi commun.

Jusque-là, tout allait bien.

*
* *

Heafstaag, l'immense roi borgne, menait en personne sa colonne de guerriers. Intrigué par la proposition de Beorg, il avait entrepris le voyage de nuit. Réputé pour sa férocité sur les champs de bataille, c'était un calculateur avisé et prudent. La marche, impressionnante, intimiderait les autres clans. Heafstaag ne négligeait aucun atout.

Il tenait Beorg en haute estime. A deux reprises, Heafstaag et ses braves avaient croisé le fer avec la tribu du Loup, sans remporter de victoire. Si le plan de Beorg tenait ses promesses, il donnerait son aval, n'exigeant en contrepartie qu'un statut égal à celui du roi blond. Quant à ses rêves de sédentarisation, et d'une vie confortable à pêcher la truite, ils ne prêtaient pas à conséquence. Que la bataille et le pillage aient lieu ! On verrait après !

Bientôt, la colonne fut en vue des feux de camp.

— Chantez, mes fiers guerriers ! lança Heafstaag. Que tous tremblent devant la tribu de l'Elan !

*
* *

Beorg guettait leur arrivée. Eclatant dans la nuit, le Chant de Tempus ne le surprit guère. Il connaissait les tactiques de son rival. Bondissant sur ses pieds, il exigea le silence :

— Oyez, hommes du Nord ! Entendez le défi du Chant !

Ils se ruèrent dehors pour reprendre en chœur le refrain guerrier, louant les hauts faits d'armes et les morts glorieuses.

Dès la plus tendre enfance, ils apprenaient les vers immémoriaux. Le Chant de Tempus était la mesure de la puissance d'un clan. La seule variante en était le refrain : les différences permettaient d'identifier les chanteurs. C'était à qui bramerait le plus fort pour attirer l'attention du dieu de la Guerre.

L'une après l'autre, les tribus se turent pour laisser le champ libre au Loup et à l'Elan. Le défi se prolongea.

Finalement, le porte-parole de Heafstaag, un jeune homme alerte et observateur, écarta un pan de la tente et souffla dans son cor. Comme l'exigeait la tradition, tout le monde s'arrêta.

La démarche vive et assurée, il approcha de leur hôte. Heafstaag choisissait bien ses serviteurs...

— Roi Beorg, commença le héraut, et vous tous, mes seigneurs, la tribu de l'Elan souhaite partager l'hydromel avec vous pour saluer Tempus.

— Très bien, répondit le roi après un long silence, jaugeant l'aplomb de son vis-à-vis.

— Voici Heafstaag, roi de la tribu de l'Elan, fils de Hrothulf le Fort, fils d'Angaar le Brave ; pourfendeur d'ours à trois reprises, deux fois conquérant de Termalaine, vainqueur en combat singulier de Raag Doning, roi de la tribu de l'Ours...

Le clan en question murmura ; leur roi Haalfdane, fils de Raag Doning, tiqua.

L'interminable énumération n'omit aucun acte insigne, honneur ou titre de la longue et illustre carrière du souverain.

Comme le Chant de Tempus, qui constituait une épreuve de force entre tribus, la liste des exploits était son équivalent entre individus de noble ascendance, et surtout entre souverains dont la valeur et la gloire rejaillissaient sur leurs fidèles. Beorg avait redouté cet instant. Débarquer en dernier permettait à Heafstaag d'être entendu de l'ensemble des barbares. L'avantage de l'hôte était d'exposer sa valeur guerrière à mesure des arrivées. Les visiteurs ne pouvaient compter que sur les présents. D'un coup, Heafstaag réduisait à néant sa prééminence.

Le héraut acheva la liste et retourna écarter le pan de tente pour son roi. L'arrogant Heafstaag entra.

Mesurant près de deux mètres, compact et puissant, le roi à la barbe couleur flammes arborait fièrement ses cicatrices. Un œil arraché par un renne aux abois, une main mutilée par un ours polaire, le chef de la tribu de l'Elan avait vu plus de batailles dans sa vie qu'aucun homme de la toundra. Il brûlait d'en découdre de nouveau avec l'adversaire.

— Le Loup ou l'Elan ? demanda Heafstaag après un long silence.

— Que Tempus décide, répondit Beorg selon le rituel.

La tension se relâcha. Heafstaag se détendit... jusqu'à ce qu'il remarque un inconnu malingre.

— De quel droit ce freluquet de Sudiste se tient-il dans le hall de Tempus ? s'exclama-t-il. Sa place est parmi les siens, ou avec les femmes à la rigueur !

— Voici deBernezan, allié indispensable pour notre future victoire. Après avoir passé deux hivers à Dix-Cités, il détient des informations capitales.

— Quel rôle joue-t-il ? Il n'est sûrement pas question qu'il combatte à nos côtés ?

Jugulant son mépris envers les traîtres de son espèce, Beorg lança un regard en coin à deBernezan.

— Plaide ton cas, Sudiste. Et que Tempus réserve un coin de terre pour tes os !

DeBernezan ne put soutenir le regard d'acier de Heafstaag. Il prit la parole d'un ton aussi ferme que possible :

— Une fois les cités conquises, il vous faudra quelqu'un qui s'y connaisse en commerce. Je suis votre homme.

— A quel prix ?

— Une existence confortable et une position respectable, rien de plus.

— Bah ! Un traître sera toujours un traître !

La hache haute, le roi de l'Elan se rua sur lui. Beorg grimaça. Le moment était crucial.

De sa main tordue, Heafstaag agrippa l'étranger par les cheveux et exposa la chair vulnérable du cou. Violant la tradition, Beorg avait prévenu deBernezan que toute résistance de sa part entraînerait son exécution. S'il ne bronchait pas, il prouverait son courage et serait épargné. S'armant de toute sa volonté, le traître regarda la mort en face.

In extremis, le roi dévia la course de sa hache ; la lame siffla à un cheveu du cou. Heafstaag le relâcha.

— L'honnête homme accepte tout de son roi d'élection, déclara deBernezan d'une voix mal assurée.

L'assistance acclama la déclaration.

— Qui commandera ? demanda à brûle-pourpoint le colosse roux à son pair.

— Qui a gagné le défi du Chant ? rétorqua Beorg.

— Très bien ! Ensemble nous lutterons !

— Mort à quiconque s'oppose à nous !

Les deux alliés brandirent leur hache.

— Tempus ! hurlèrent-ils à l'unisson.

Ils s'entaillèrent simultanément le bras et lancèrent leur arme sur un tonnelet d'hydromel, à l'autre bout du hall. Aussitôt, les plus proches coururent, hanap en main, recueillir les premières gouttes, bénies par le sang de leur roi.

— J'ai un plan à te soumettre, dit Beorg à son compère.

— Plus tard, valeureux compagnon. Cette nuit, chantons et buvons en l'honneur de notre future victoire. ( Avec un clin d'œil, il claqua des doigts à l'intention d'un fidèle lieutenant. ) Faites venir les filles !

# CHAPITRE IV

## L'ÉCLAT DE CRISTAL

Le néant le berçait dans ses bras miséricordieux.

Puis une brûlure, sur sa joue, le tira de son cocon. Quand il entrouvrit les yeux, un éclat aveuglant le blessa.

Il gisait dans la neige. On l'avait abandonné dans l'Epine Dorsale du Monde.

Au prix d'un violent effort, Akar Kessell releva la tête. Le froid brutal et les vents glacés dispersaient la chaleur solaire. Un hiver éternel régnait en ces lieux désolés.

Le jeune homme portait une mince tunique.

Il ne ferait pas long feu.

Il se releva tant bien que mal. Très loin en contrebas, dans un défilé profond qui menait au nord, vers la toundra, il aperçut de petits points noirs : la caravane retournait à Luskan. On l'avait berné ! Simple pion dans leurs machinations, il avait débarrassé les sorciers de Morkai le Rouge.

Eldulac, Dendybar le Bigarré et les autres...

— Comment ai-je pu être si stupide ? gémit-il.

Morkai avait été le seul à lui témoigner un peu de respect, et à lui faire goûter des joies inconnues. Une fois, il l'avait changé en oiseau pour qu'il connaisse l'ivresse du vol ; une autre, en poisson, pour découvrir les merveilles du monde du silence.

En remerciement, il avait poignardé cet homme merveilleux.

Le hurlement inhumain de Kessell se répercuta jusque dans le défilé.

Satisfait, Eldeluc éperonna sa monture.

*
* *

Il marchait au hasard. Dans quel but ? Il n'avait nulle part où aller. Eldeluc l'avait jeté dans une cuvette glacée. Kessell n'avait aucune chance d'en réchapper.

Il s'efforça encore de créer un feu magique.

Aucune flammèche ne récompensa ses efforts désespérés.

Son pied gauche devait être gelé. Il n'ôterait pas sa botte pour vérifier ses soupçons.

Soudain, il fut irrésistiblement attiré vers le centre de la dépression. Le monde était réduit à un brouillard blanc. Il se sentit tomber. Ses extrémités s'engourdirent.

Puis il y eut... la chaleur.

Quelque chose l'appelait. C'était sous la neige.

A mains nues, il creusa. Quand ses doigts rencontrèrent du solide, le rayonnement s'intensifia. Il dégagea une sorte de glaçon cubique sans comprendre ce que c'était. La chaleur qui en émanait le ramena à la vie.

Le Cristal serré contre son sein, sous un gros rocher, Akar Kessell survécut à sa première nuit dans le froid. Crenshinibon fut sa compagne de lit. Douée de conscience, l'antique relique avait guetté des siècles l'arrivée d'un être tel que lui. Arraché aux limbes, le Cristal maléfique forgé par les seigneurs des Abysses réfléchit au meilleur moyen de contrôler le jeune velléitaire.

Incarnation la plus noire du Mal, Crenshinibon tirait ses forces de la lumière du jour. Instrument de chaos et d'espionnage, il offrait un abri sûr à ses détenteurs. Son premier atout était la puissance qu'il leur apportait.

Heureux de n'être pas mort, le miraculé dormit paisiblement. Bientôt, il ne serait plus le valet de personne.

Tous s'inclineraient devant lui.

Il rêva du respect qu'on lui témoignerait désormais : Crenshinibon y veilla.

Akar Kessell, le tyran du Val Bise.

\*
\* \*

L'aube pointa. Kessell n'aurait jamais cru revoir le jour. Il se sentit *transformé*. La veille, seule sa survie lui importait. A présent, il s'inquiétait de la qualité de son existence. Une force nouvelle coulait dans ses veines. Le froid ne l'incommodait plus.

Un daim blanc bondit près de lui.

— De la venaison, chuchota le survivant.

Le doigt tendu, il prononça le mot de pouvoir adéquat, excité par le frisson qui le parcourut. Un rayon incandescent frappa la bête.

Sans ambages, il fit léviter le daim vers lui. La télékinésie n'avait jamais fait partie des multiples talents de son ancien maître. Kessell ne s'en inquiéta pas le moins du monde. Depuis trop longtemps, on lui refusait le prestige qui lui revenait de droit.

Grâce à l'Eclat, il avait protection et nourriture. Manquait un château digne de ce nom, et un cabinet où pratiquer les sciences occultes en toute quiétude. Baissant le regard vers sa nouvelle propriété, il eut la surprise de découvrir un double du premier cristal. Kessell eut l'intuition - crut-il -, du rôle qui lui était échu. En raison de la chaleur ardente qui s'en dégageait, il distingua sans peine l'original ; pourquoi ce second cristal, en tout point identique au premier, s'était-il soudain matérialisé dans la neige ? Il le prit et murmura :

— *Ibssum dal abdur.*

Les mots incompréhensibles avaient coulé de sa bouche de leur propre volonté.

Captant les rayons solaires, l'objet brilla de plus en plus fort. La dépression glaciaire s'obscurcit.

Le pic de l'étrange phénomène s'éleva vers le ciel matinal, avant de se cristalliser. Une troisième copie était née... De dimensions gigantesques !

C'était une tour cristalline : Cryshal-Tirith.

*
* *

Kessell se serait volontiers contenté de se prélasser dans son nouveau domaine, et de déguster le gibier trop aventureux. Issu d'un milieu modeste, quoi qu'il en dise, la puissance l'inquiétait. Refusant de regarder les choses en face, il partait du principe que le destin des hommes était pur hasard.

Le pouvoir à sa portée, il ne savait qu'en faire.

Crenshinibon n'avait pas patienté des siècles pour en rester là. En réalité, ce personnage falot était une aubaine. A l'aide de suggestions mentales, le Cristal le mènerait par le bout du nez.

Il avait tout son temps. Pour une relique venue de la

nuit des temps, que signifiaient quelques années de plus ou de moins ? Il ferait de l'humain insipide le représentant des forces du Mal. Le scénario était classique. En de nombreux plans, Crenshinibon avait créé de toutes pièces des ennemis de la loi des plus formidables et des plus cruels.

Dans la tour, Kessell rêva de conquêtes. Tout commençait de façon réaliste : la mise en coupe réglée d'une modeste tribu de gobelins pour servir ses caprices et pourvoir à ses besoins. A son réveil, l'idée lui plut.

Il explora la structure ; une pièce aux murs solides comme le roc contenait de multiples instruments de clairevision. Obéissant à une impulsion incompréhensible, il fit un geste et prononça un mot. Une brume grisâtre roula dans les profondeurs d'un miroir. Quand elle eut disparu, une image nette se forma.

La région fourmillait de gobelins occupés à construire un camp. Les grottes constellant les parois montagneuses ne suffisaient pas à abriter les centaines d'orcs, d'ogres, de gobelins ou d'autres monstres plus calamiteux encore. Les faibles étaient impitoyablement asservis ou massacrés.

— Comme c'est pratique, marmonna Kessell.

Son rêve avait-il été pure coïncidence, ou prophétie ? Sur une autre impulsion, il projeta sa volonté à travers le miroir.

Les effets furent saisissants.

Comme un seul, les gobelins se tournèrent vers la force invisible. Inquiets, les guerriers tirèrent leurs gourdins et leurs haches de pierre. Sur le qui-vive, le chef avança.

Songeur, Kessell se gratta le menton. Jusqu'où allait son pouvoir ?

— Venez à moi ! ordonna-t-il. Toute résistance est inutile.

La tribu arriva peu après à la tour de cristal. D'où venait-elle ? Que représentait-elle ? Les gobelins se méfiaient.

Kessell obligea le chef à approcher de Cryshal-Tirith. Contre sa volonté, il obéit, luttant à chaque pas. Il n'y avait aucune entrée visible. Seuls les résidents des plans inférieurs la discernaient.

Kessell guida sa victime terrifiée jusqu'au premier niveau de la structure. Il le fit attendre. La peur du gobelin atteignit un nouveau paroxysme. Enfin, Kessell surgit d'une porte-miroir secrète.

Le chef tomba à genoux.

— Qui suis-je ? triompha le sorcier.

— Tu es le maître, gémit la créature pathétique

# CHAPITRE V

## UN JOUR

Bruenor négocia l'escarpement abrupt à pas mesurés. Pour ceux des Dix-Cités, les fières colonnes rocheuses délimitant la vallée des nains étaient connues comme l'Escalade de Bruenor. Au-dessous, à l'ouest, brillaient les lumières de Termalaine, et au-delà, les eaux sombres de Maer Dualdon, où s'attardaient le soir les pêcheurs obstinés.

Le nain surplombait la toundra et les étoiles les plus basses. La bise nocturne semblait polir la voûte stellaire. Bruenor eut l'impression de s'être affranchi de l'attraction terrestre.

Ses rêves le replongeaient au temps de Mithril Hall, foyer de ses ancêtres. De somptueux fleuves de métal liquide nichaient dans ses profondeurs ; les marteaux des forgerons louaient en cadence Moradin et Dumathoin. Bruenor gamin, son peuple, descendu trop bas dans les entrailles de la terre, avait été repoussé par des monstres inconnus. Bruenor restait l'unique survivant du clan à pouvoir témoigner des trésors perdus de Mithril Hall.

Bien avant l'arrivée des humains, barbares exceptés, les réfugiés avaient choisi la vallée rocheuse nichée entre deux des lacs les plus au nord. D'une société autrefois florissante subsistait un misérable ramassis de rescapés, brisés par la perte de leur domaine *et* de leur héritage. Leur nombre s'amenuisait. Les anciens mouraient autant de chagrin que de vieillesse. Même si l'exploitation minière restait rentable, au bout du chemin, seul l'oubli paraissait guetter les nains.

Quand Dix-Cités, à l'instar de champignons, avait poussé du jour au lendemain, la chance avait tourné. Située au nord de Bryn Shander, la vallée était aussi proche que les autres villages ; constamment harcelés par les envahisseurs, quand ils ne se battaient pas entre eux, les humains étaient trop heureux d'acheter aux nains les merveilleuses armes et armures qu'ils forgeaient.

Malgré ce retour de fortune, Bruenor se languissait de leur prestige d'antan. Dix-Cités était une simple étape, non une solution au problème.

— La nuit est bien froide pour se percher si haut, l'ami, héla Drizzt Do'Urden.

De leur point de vue, le Cairn de Kelvin était l'unique excroissance à l'horizon. La montagne ainsi nommée ressemblait à un tumulus. A en croire les barbares, c'était effectivement un mausolée. De même, la vallée ne semblait pas naturelle. La toundra s'étendait à perte de vue. La montagne et la vallée étaient les seules régions rocheuses du Val Bise. On eût dit qu'un dieu les avait déposées là aux premiers temps de la Création.

Drizzt remarqua l'air songeur de son ami.

— Tu vois avec les yeux de la mémoire, dit-il, conscient de son obsession.

— Je reverrai Mithril Hall ! insista Bruenor. Tu verras, l'elfe.

— Nous ignorons jusqu'à son emplacement.

— Les routes se retrouvent toujours. A condition de les chercher.

— Un jour, mon ami...

Depuis des années que Drizzt le connaissait, Mithril Hall hantait le survivant. L'elfe estimait l'idée absurde. Bruenor ne pouvait compter que sur de vagues réminiscences de halls argentés. Mais le Drow restait sensible à l'ardent désir de son ami. Alors il lui répondait « un jour... ».

— Il y a plus urgent pour l'instant, rappela Drizzt.

Plus tôt, il avait informé les nains de sa découverte.

— Tu es sûr qu'ils arrivent ?

— Leur charge ébranlera la montagne. ( Il quitta l'ombre pour le rejoindre. ) Si Dix-Cités ne s'unit pas contre eux, tout est perdu.

Bruenor se tourna vers les lointaines lueurs de Bryn Shander.

— Ces imbéciles n'en feront rien, marmonna-t-il dans sa barbe.

— Si ton peuple intervenait, ils changeraient vite d'avis.

— Non ! S'ils résistent, nous resterons à leur côté. C'est tout ! Va leur parler si le cœur t'en dit, et bon courage ! Mais ne t'engage pas pour nous. Voyons de quel bois se chauffent ces pêcheurs de truites.

Drizzt sourit devant l'ironie de son ami. Personne ne se fiait à un Drow. Où qu'il aille, l'accueil qu'on lui réservait était au mieux glacial, exception faite de Bois Isolé, où leur ami Régis était porte-parole.

— Ils ignorent tout ce que tu fais pour eux ! lança Bruenor.

— Ils ne me doivent rien.

— Que t'importe leur sort ? gronda-t-il. Tu veilles sur des gens de mauvaise volonté. Que leur dois-tu ?

Interloqué, Drizzt haussa les épaules. Bruenor avait raison. Lors de son arrivée en ces terres inhospitalières, seul Régis lui avait témoigné un peu d'amitié. En route pour Bois Isolé ou Bryn Shander, le petit homme l'accompagnait et le protégeait souvent. Du reste, ils s'étaient rencontrés à cette occasion : ayant entendu pis que pendre sur le Drow, Régis avait voulu fuir à sa vue. Heureusement, il savait se faire une opinion par lui-même et garder l'esprit ouvert en toutes circonstances. Rapidement, ils étaient devenus très bons amis.

Mais à ce jour, Régis et les nains restaient ses seuls compagnons.

— J'ignore la réponse à ta question, dit Drizzt, honnête. Peut-être est-ce parce que je suis différent de ceux de ma race..., du moins je l'espère. Je désire me sentir utile, voilà tout. Tu n'es pas si dissemblable, Bruenor Battlehammer. Nous nous soucions des autres pour combler le vide de nos existences. ( Bruenor haussa un sourcil. ) Tu peux jouer les durs, mais n'essaie pas de te mentir à toi-même !

— Bah ! Evidemment que je me soucie d'eux ! On a besoin de leur argent !

— Tête de mule ! sourit Drizzt. Et Catti-Brie, la fillette devenue orpheline lors d'un raid sur Termalaine, que tu as élevée comme ta propre fille ? Maintenant en âge de voler de ses propres ailes et de retourner parmi ceux de sa race, les humains, elle préfère rester. Se pourrait-il que tu l'aimes, petit grognon ?

— Ah, tais-toi ! Elle me facilite la vie, voilà tout.

— Ane bâté ! Et que fais-tu de moi ? Les nains ne portent pas les elfes blancs dans leur cœur, alors ne parlons pas des Drows ! Comment justifies-tu l'amitié que tu me portes ? Je n'ai rien à offrir en retour, que mon affection. Pourquoi te soucies-tu de moi ?

— Tu m'apportes des informations quand...

La voix du nain mourut. Son ami l'avait coincé.

Le Drow n'insista pas.

En silence, ils regardèrent s'éteindre une à une les lumières de Bryn Shander. Drizzt avait raison. Qu'il le veuille ou non, Bruenor s'était attaché aux habitants de Dix-Cités.

— Que comptes-tu faire ?

— Je vais les avertir, répondit l'exilé. Tu sous-estimes tes voisins, Bruenor. Ils sont d'un métal plus dur que tu ne crois.

— Entendu. Mais il ne passe pas un jour sans algarades. Qu'ils prouvent qu'ils sont capables d'oublier un instant leurs querelles pour affronter l'ennemi !

Bruenor n'avait pas tort. Les truites se raréfiant, la compétition s'était faite plus rude ces derniers mois. Chaque bourg tâchait de tirer le maximum de profit au détriment des voisins.

— Dans deux jours, le Conseil se réunit à Bryn Shander, reprit Drizzt. Entre-temps, j'indiquerai à Régis comment se conduire avec ses pairs.

— Ventre-à-pattes ? s'esclaffa Bruenor. ( C'était le sobriquet dont il affublait le petit homme insatiable. ) L'unique raison de sa présence au Conseil est de garder sa panse bien remplie. Ils l'écouteront encore moins que toi, l'elfe.

— Tu le sous-estimes. Souviens-toi qu'il détient la gemme.

— Bah, c'est une jolie pierre taillée de main de maître, voilà tout ! Elle n'a aucun effet sur moi.

— Sa magie est trop subtile pour les nains ; tu as la tête trop dure ! rit Drizzt. Mais ce ne sont pas des sornettes. Régis influencera le Conseil. Ainsi, les conseillers ne seront pas tentés de s'opposer à une union par arrogance, ou dans le secret espoir que la défaite des voisins serve leurs ambitions égoïstes. Bryn Shander est la clef du problème. Toutefois, la ville ne bougera que si les villages de pêcheurs, et en particulier Targos, se rallient à la cause.

— Tu sais que Havre du Levant le fera.

— Ainsi que Bois Isolé, sous les conseils éclairés

de Régis. Mais à coup sûr, au contraire de Termalaine, sa rivale, Kemp de Targos estimera son enceinte fortifiée suffisante pour repousser les barbares.

— Jamais il ne s'alliera à Termalaine. Sans Kemp, Konig et Dineval la ramèneront sans cesse !

— Voilà où Régis intervient ! Son rubis accomplit des prodiges, je t'assure.

— Mais Ventre-à-pattes prétend que son maître possédait douze pierres semblables. Une telle magie ne se reproduit pas à volonté.

— En vérité, rectifia Drizzt, Régis ignore si les onze autres ont les mêmes pouvoirs.

— En ce cas, pourquoi le maître lui aurait-il *donné* la seule gemme magique du lot ?

Le silence de Drizzt fut éloquent. Régis s'y entendait pour s'approprier ce qui ne lui appartenait pas...

En tout bien tout honneur.

# CHAPITRE VI

## BRYN SHANDER

Bryn Shander ne ressemblait à aucune autre communauté. Son fanion flottait au sommet de la colline, au sud de la vallée des nains. C'était le cœur géographique et commercial de la région.

Venues de Luskan, les principales caravanes marchandes y séjournaient, ainsi que les nains, les artisans, les cornedenteliers et les experts de toutes catégories. La proximité de Bryn Shander déterminait l'importance des autres bourgs. Ainsi, Termalaine et Targos, au sud-est de Maer Dualdon, Caer-Konig et Caer-Dineval à l'ouest du lac Dinneshere - quatre villes à moins d'un jour de cheval -, dominaient la région des lacs.

Les hautes murailles arrêtaient vents et envahisseurs. Intra muros, on retrouvait le même type d'habitations qu'ailleurs : des structures basses en bois abritant souvent plusieurs familles. Pelotonnées les unes contre les autres, elles offraient le seul vernis de civilisation à des centaines de lieues à la ronde.

Régis adorait les bruits et les odeurs qui l'accueillaient quand il passait les portails bardés de fer.

Mieux que les vastes agglomérations du sud, l'affairement des marchés et la gouaille des vendeurs à la criée lui rappelaient l'agitation de Calimport. Là aussi, les rues bigarrées comptaient tout ce que les Royaumes avaient à offrir en matière d'opulence et de diversité. Les nomades du désert se mêlaient aux grands blonds des Sélénae. Les vantardises des Sudistes et les contes d'amour et de guerre des rudes montagnards s'entendaient à chaque terrasse d'auberge.

S'il fermait les yeux, Régis s'imaginait sans peine revenu à Calimport, des années en arrière.

L'affaire était si grave, cette fois, qu'il n'apprécia guère l'animation ambiante. Les mauvaises nouvelles du Drow l'horrifiaient. Il devait avertir le Conseil !

A l'écart de la bruyante section marchande, Régis entra dans le palais de Cassius, porte-parole de Bryn Shander. C'était la résidence la plus luxueuse de Dix-Cités. Le porche à colonnades et les fresques des bas-reliefs étaient des chefs-d'œuvre. A l'origine conçue pour abriter les débats des dix représentants, elle avait été annexée par le rusé Cassius dès que l'intérêt pour les affaires du Conseil s'était dissipé. Les sessions avaient été transférées dans une annexe désaffectée. Malgré quelques protestations, l'affaire s'était déroulée sans anicroche. En politicien consommé, Cassius avait mis les autres communautés en coupe réglée. La milice de Bryn Shander pouvait tenir tête aux forces de cinq autres bourgs. Les officiers de Cassius détenaient le monopole des relations avec les marchés du sud. Dans ces conditions, protester ne menait pas loin.

Mal à l'aise, Régis arriva le dernier dans la salle. Les neuf autres représentants devaient leur statut à leur héroïsme. Ils avaient organisé les défenses de leurs cités respectives, et repoussé les attaques des gobelins et des barbares plus souvent qu'à leur tour. C'étaient de valeureux chefs.

Régis était là parce que personne d'autre à Bois Isolé ne voulait siéger au Conseil.

Les faibles ne survivaient pas au Val Bise. Les représentants comptaient parmi les guerriers les plus endurcis de la contrée.

D'ordinaire, le petit homme n'était pas intimidé, car il n'avait rien à déclarer. Insignifiante, la petite ville de Bois Isolé ne demandait rien à personne. En cas de vote litigieux, le prudent Régis adoptait la cause de Cassius. On ne se trompait jamais en suivant Bryn Shander.

Ce jour-là, jouer les oiseaux de mauvais augure l'exposerait à l'hostilité générale. Les deux plus puissants porte-parole, Cassius et l'austère Kemp de Targos, devisaient tranquillement en bout de table.

Mince, imberbe, les cheveux gris impeccablement coiffés, le regard bleu vif, Cassius n'en imposait guère comme guerrier. Néanmoins, quiconque l'avait vu à l'œuvre sur un champ de bataille respectait son courage et ses prouesses. Il avait la réputation de toujours obtenir ce qu'il voulait. Bien qu'il aimât sincèrement l'homme, Régis se tenait sur ses gardes.

Respectant le rituel, Cassius déclara la session ouverte.

— Le premier objet de notre réunion concerne la dispute territoriale des cités Caer-Konig et Caer-Dineval à propos du lac Dinneshere. Dorim Lugar de Caer-Konig a remis les documents promis. A lui la parole.

Le regard fuyant, l'homme se leva.

— J'ai en main l'accord original entre Caer-Konig et Caer-Dinieval, signé par les bourgmestres en personne, y compris la vôtre, Jensin Brent ! acheva-t-il, un doigt accusateur pointé vers son adversaire.

— Cet accord date d'une époque d'amitié et de bonne volonté. ( Le blondinet au visage ouvert utilisait à merveille son avantage sur les gens qui le jugeaient naïf. ) Déroulez le parchemin, porte-parole Lugar, que le Conseil le voie : aucune provision sur Havre du Levant n'y est mentionnée. Quand on convint de diviser le lac en deux, c'était à peine un hameau. Il n'y avait pas un seul canot.

La dispute faisait rage depuis quatre sessions. Leurs confrères somnolaient déjà. Dorim Lugar cria pour les tirer de leur léthargie :

— Caer-Konig ne peut être blâmée de l'essor de Havre du Levant ! Qui aurait pu prévoir ?

L'ancien hameau avait pavé une voie jusqu'à Bryn Shander : la route du Levant. L'ingénieuse astuce avait propulsé sur le devant de la scène la petite ville nichée au sud-est du lac Dinneshere. Sa flotte rivalisait désormais avec celle de Caer-Dineval.

— Qui en effet ? rétorqua Jensin Brent, dont le calme s'usait. Il est évident que l'envol de Havre du Levant a mis Caer-Dineval en difficulté au sud, tandis que Caer-Konig a l'entière jouissance du nord. Or, Caer-Konig refuse catégoriquement de renégocier le traité pour corriger ce déséquilibre flagrant ! Dans ces conditions, la prospérité nous est inaccessible !

Régis devait intervenir avant que la dispute dégénère. Deux précédents Conseils avaient dû être ajournés en raison du caractère fougueux des adversaires.

Le petit homme n'avait pas le choix. S'il voulait préserver son bien-être, il devait agir. Malgré les assurances de Drizzt, il doutait que le rubis ait de si grands pouvoirs. Avec le manque d'assurance typique des petites gens, il s'en remettait entièrement à son jugement. Le Drow était le plus érudit et le plus expérimenté de ses amis, et de loin.

S'armant de courage, il frappa la table de son marteau à deux reprises avant qu'on lui accorde la moindre attention. Surpris lui aussi, Cassius lui donna la parole.

— Chers confrères, avec tout le respect dû à la

gravité du débat qui nous occupe, je crois avoir un problème plus urgent à vous soumettre. Les barbares se réunissent pour attaquer Dix-Cités ! ( Régis se trouva face à neuf mines apathiques. ) A moins que nous formions une alliance, les hordes écraseront nos communautés les unes après les autres, massacrant tous ceux qui oseront résister !

— Certainement, porte-parole Régis de Bois Isolé, répondit Cassius, condescendant, ce ne sera pas la première fois. Il est inutile de...

— Cette fois, ce sera pire que tout ! s'écria Régis. *Toutes* les tribus sont rassemblées ! Les raids précédents opposaient un clan barbare à une cité ; les chances étaient égales. Mais comment Termalaine, Caer Konig ou même Bryn Shander résisteront-elles au déferlement de l'*ensemble* des barbares du Val Bise ?

Certains considérèrent la nouvelle ; d'autres discutèrent à mi-voix. Cassius les rappela à l'ordre.

Kemp de Targos se leva.

— Puis-je parler, ami Cassius ? Peut-être apporterai-je quelque lumière à l'événement.

Régis et Drizzt avaient envisagé divers scénarios. Havre du Levant embrasserait à bras ouverts le concept d'une défense commune. Termalaine et Bois Isolé, les plus exposés aux attaques, l'accueilleraient également bien.

Mais même Argowal de Termalaine garderait le silence si Kemp s'y opposait. Targos constituait le plus puissant des villages de pêcheurs.

— Tâchons d'en savoir plus, proposa Kemp, avant de nous inquiéter. Nous avons repoussé les barbares à maintes reprises ; nos défenses ont subi l'épreuve du feu.

La suite de son discours visait à miner la crédibilité de Régis. Or Kemp était la clef de voûte de la future coalition. Il n'était pas facile à manipuler. Ses accès de rage subite intimidaient jusqu'à Cassius.

Drizzt avait raison. Son soutien était impératif pour emporter l'adhésion des autres. Dans son arrogance, la puissante cité imaginait pouvoir repousser n'importe quel assaut. Si elle survivait à l'invasion, la destruction de ses rivales serait un bonus inespéré.

— Où avez-vous appris qu'une telle offensive se préparait ? demanda Kemp à Régis.

Le petit homme dut dire la vérité :

— Je l'ai su d'un ami qui sillonne la toundra.

— Le Drow ?

Régis fut aussitôt sur la défensive. Son père l'avait averti : vu la différence de taille, les humains avaient l'agaçante manie de traiter les petites gens comme leurs enfants.

— Je ne peux parler au nom de nos confrères, bien sûr, ricana Kemp, mais pour ma part, j'ai trop de problèmes pour courir me cacher aux premiers racontars d'un Drow !

La salle éclata de rire.

Argowal vola au secours de Régis :

— Peut-être devrions-nous écouter ce que le porte-parole de Bois Isolé a encore à dire...

— Il se fait l'écho des mensonges d'un Drow ! tonna Kemp. On a déjà repoussé les incursions barbares. On a mieux à faire que... !

Régis bondit sur la table. C'était la phase la plus risquée du plan de Drizzt. Les mains nouées dans le dos, adoptant un air placide, il arpenta la table de long en large comme s'il s'agissait d'une scène. Le rubis étincelait sur sa poitrine.

— Que savez-vous du Drow pour vous gausser ainsi de lui ? Qui pourrait l'accuser de quoi que ce soit ? Vous le condamnez pour les crimes de sa race. Ne vous est-il jamais venu à l'esprit que sa présence parmi nous signifiait qu'il rejette son peuple ?

Le silence qui accueillit sa tirade convainquit Régis qu'il avait réussi à les impressionner - ou à se tourner en ridicule. Il se posta devant Kemp, qui retenait avec peine son hilarité. Il devait agir vite. Faisant mine de se gratter le menton, il fit discrètement tournoyer le pendentif magique. Au bout de dix secondes, Kemp n'avait pas cillé une fois. Pour être certain, Régis compta mentalement dix secondes de plus avant de tester son stratagème.

— La sagesse qu'il y a à préparer la guerre ne vous échappe sûrement pas, suggéra le petit homme avec calme. Ces gens attendent que vous les guidiez, ô grand Kemp, ajouta-t-il dans un murmure. Une alliance militaire ajouterait à votre prestige.

Le résultat fut étourdissant.

Le regard rivé sur le rubis, Kemp parla d'un ton mécanique :

— Le petit homme n'a peut-être pas tort.

Régis escamota le pendentif sous sa tunique. Le représentant de Targos secoua la tête et se frotta les yeux. La suggestion mentale était enracinée dans son esprit. Surpris d'avoir si vite changé d'avis, il défendit néanmoins son point de vue avec vigueur.

— Vous devriez l'écouter, déclara-t-il. Une telle alliance ne peut être que bénéfique, alors que les conséquences de notre passivité, face à une invasion, seraient désastreuses.

Opportuniste dans l'âme, Jensin Brent bondit :

— Le porte-parole Kemp est la voix de la sagesse. Comptez Caer-Dineval dans l'armée qui repoussera la horde d'envahisseurs !

Le reste des chefs s'aligna sur la position de Kemp, ainsi que l'avait prédit Drizzt.

L'espoir retrouvé, Régis quitta la salle, fier de sa réussite. Les possibilités du bijou qu'il détenait accaparèrent toutes ses pensées. Comment mettre à profit une telle aubaine dans l'art de la manipulation ? Il se hâta de rejoindre Drizzt et Bruenor.

# CHAPITRE VII

## L'ORAGE MENACE

Chargeant à travers la toundra comme un tourbillon, hommes et bêtes s'ébranlèrent. Même les féroces yétis prirent peur face à ce déferlement. La terre verglacée craquait sous le piétinement des montures de bât et des cavaliers. Les chants en l'honneur du dieu des batailles couvraient la plainte des vents.

Deux mille guerriers assoiffés de sang et de butin marchèrent la nuit entière et continuèrent au lever du jour.

*
* *

Juché à mi-hauteur de la façade nord du Cairn de Kelvin, Drizzt Do'Urden guettait depuis des jours les premiers signes annonciateurs de l'ennemi. A sa demande, Régis veillait à son côté, se protégeant du froid entre deux éboulis.

Il eût certes préféré rester dans son lit douillet, bercé par les bruissements végétaux. Mais sa charge

50

lui dictait de s'impliquer dans le plan qu'il soutenait. Bruenor s'était joint au Conseil pour établir une stratégie. N'étant d'aucune aide pour lever des troupes ou arrêter des plans de bataille, Régis s'était porté volontaire quand le Drow avait requis qu'on mette un messager à son service.

Renâclant, Régis se plaignait de la dureté des rocs et du froid. Sur le qui-vive, Drizzt ne laissait rien le distraire.

— Combien de nuits encore devrons-nous rester ici, transis jusqu'aux os ? gémit le petit homme. Bientôt, on nous retrouvera congelés !

— N'aie crainte, l'ami, sourit l'elfe. Les barbares seront là avant les premières neiges.

Une lueur le fit bondir ; Régis sursauta. Une seconde lumière apparut à l'horizon.

— Voilà ton souhait exaucé, Régis.

— Ils sont arrivés ? murmura-t-il.

Sa vision n'avait pas l'acuité de celle du Drow, loin s'en fallait.

Drizzt calcula le temps qu'il leur restait.

— Va retrouver Bruenor et Cassius : dis-leur que la horde atteindra la Descente Bremen au zénith demain.

— Viens avec moi ! Ils ne te repousseront pas !

— J'ai plus urgent à faire. Va ! Dis à Bruenor - à lui seul -, que je le retrouverai demain à l'aube à la Descente Bremen.

Le Drow s'enfonça dans la nuit. Une longue route l'attendait.

— Où vas-tu ? cria son compagnon.

— A l'horizon !

Resta le murmure du vent.

*
* *

Drizzt atteignit la périphérie du camp des barbares. Si près du but, ils se tenaient sur leurs gardes. De fait, les sentinelles abondaient. Aussi alertes fussent-elles, elles restaient désavantagés face à un Drow familier de la nuit. Un elfe noir pouvait créer une sphère de ténèbres impénétrables et la porter comme un manteau. Aussi invisible qu'une ombre et discret qu'un félin, Drizzt s'infiltra à l'intérieur du camp.

Epuisés par la marche forcée, les hommes s'étaient abandonnés à un profond sommeil. L'intrus chercha des chefs sans doute occupés à peaufiner leur offensive.

La seule tente gardée devait être la bonne. De la lumière et des éclats de voix en filtraient. La figurine serrée dans sa main, Drizzt perça un minuscule trou à l'arrière de la tente et épia.

— Détruisons d'abord la ville des bois, insista l'homme le plus imposant, qui arborait le symbole de l'Elan. Ensuite, nous passerons à Bryn Shander.

Son interlocuteur maîtrisa sa rage avec peine :

— Grand roi Heafstaag, si les flottes de pêcheurs ont vent de ce qui se trame avant que nous atteignions Bryn Shander, une armée plus grande que la nôtre nous attendra derrière les murailles.

— Ce sont des femmelettes !

— Puissant roi, je vous assure que mon plan vous procurera tous les bains de sang dont vous rêvez.

— Alors parle, deBernezan de Dix-Cités. Prouve ta valeur.

Le ton était ouvertement méprisant. La moindre erreur coûterait sans doute la vie à l'homme.

DeBernezan sortit un parchemin d'une de ses bottes et le déplia : tracée d'une main malhabile, la carte grossière exposait les caractéristiques de Dix-Cités.

— A l'ouest du Cairn de Kelvin, expliqua-t-il, le haut plateau surnommé la Descente Bremen se situe au sud entre les montagnes et Maer Dualdon. D'ici, c'est la route la plus directe pour Bryn Shander.

— La ville proche du lac devrait être notre premier objectif, dit Heafstaag.

— Il s'agit de Termalaine. La population est exclusivement constituée de pêcheurs. Les poursuivre n'aura rien d'excitant.

— Il n'est pas question de laisser derrière nous un ennemi en vie ! rugit le souverain.

— Bien sûr que non. Mais que le roi Haalfdane et la tribu de l'Ours pillent le bourg à loisir pendant que le reste de notre armée volera à l'assaut de Bryn Shander ! L'incendie attirera les barques ; ce sera un jeu d'enfant pour Haalfdane de les tailler en pièces. L'essentiel est d'empêcher l'ennemi de gagner la forteresse de Targos. Les habitants de Bryn Shander n'auront pas l'aide escomptée à temps et resteront seuls face à nous. Postée à flanc de colline, la tribu de l'Elan bloquera toute retraite à l'ennemi.

L'esprit calculateur du Drow dressait déjà des lignes de défense. Peu élevée, la colline de Bryn Shander ferait une base solide. Les barbares postés à l'arrière seraient séparés du gros de l'armée.

— La cité tombera avant le coucher du soleil ! triompha deBernezan. Vos hommes s'approprieront le plus beau butin de la région !

Les rois acclamèrent la fervente déclaration.

Drizzt réfléchit. Le nommé deBernezan connaissait bien les villes, leurs faiblesses et leurs forces. Si Bryn Shander tombait, aucune résistance ne repousserait plus les envahisseurs.

Le plan fut accepté. Drizzt chercha le meilleur moyen de fuir. Deux gardes arrivaient vers lui. Le moindre mouvement attirerait leur attention.

L'elfe laissa tomber la figurine.

— Guenłwyvar, mon ombre, viens !

\*
\* \*

Dans le plan astral, l'entité bondit sur sa proie. Les créatures du monde surnaturel rejouaient le même scénario depuis des lustres, suivant l'ordre harmonieux qui guidait leurs descendants. Le sang chaud sous la langue, la viande dévorée à belles dents étaient la récompense de la panthère.

L'appel l'immobilisa. Son maître avait préséance sur tout.

L'esprit du grand félin s'engouffra dans le conduit qui reliait les plans les uns aux autres, à la recherche de la lueur solitaire qui le guidait. Le félin se matérialisa près de l'elfe noir, tout à la fois son âme sœur et son maître.

Il écouta attentivement les instructions du Drow.

Tentant de sonder les ombres, près de la tente royale, les gardes approchèrent.

D'un bond magistral, Guenhwyvar survola leurs épées tirées. Donnant l'alerte à tue-tête, les barbares s'élancèrent à sa poursuite.

Drizzt profita de la diversion pour s'éloigner calmement en sens inverse. Le félin sema la pagaille, bondissant partout. A la vue de la gracieuse bête, la tribu du Tigre tomba à genoux pour rendre hommage à Tempus.

Dans l'ombre, Drizzt sourit.

Une fois dans la toundra, il se dirigea plein sud, vers le Cairn de Kelvin, l'esprit occupé à mettre au point une défense implacable. D'après les étoiles, il restait trois heures avant l'aube.

Quelques instants plus tard, Guenhwyvar rejoignit le Drow.

— Tu m'as cent fois sauvé la vie, fidèle ami, dit Drizzt, flattant la belle et puissante encolure du félin.

\*
\* \*

— Ils se chamaillent depuis deux jours, lança Bruenor, dégoûté. L'arrivée d'un ennemi est une véritable aubaine, tout compte fait !

— Mieux vaut ne pas présenter les choses ainsi, sourit Drizzt. Va préparer le piège. Il reste peu de temps.

— Dès que Ventre-à-pattes nous a prévenus, les femmes et les enfants ont embarqué. Nous chasserons la vermine de nos frontières avant longtemps ! ( Il se campa fièrement, frappant son bouclier de sa hache. ) Tu sais y faire, l'elfe. Ton plan prendra les barbares par surprise, eux qui croyaient nous surprendre ; tout le monde participera à la victoire.

— Même Kemp de Targos devrait apprécier.

— Tu te battras à mon côté ?

— Comme toujours.

— Et le chat ?

— Guenhwyvar a déjà rempli son rôle. Je le renverrai bientôt chez lui.

Bruenor en fut heureux. Cet étrange compagnon le mettait mal à l'aise.

Il s'éloigna en grommelant.

Comme beaucoup d'autres, il redoutait le félin mystique. La magie jouait un rôle prépondérant dans le monde souterrain des elfes noirs. A la surface, elle était beaucoup moins présente et *comprise*. A l'exception des armes enchantées qu'ils forgeaient souvent de leurs propres mains, les nains la fuyaient.

Drizzt caressa une dernière fois la panthère et quitta la Descente Bremen à la recherche d'une grotte où se reposer.

# CHAPITRE VIII

## CHAMPS SANGLANTS

Avant la mi-journée, la horde barbare atteignit la Descente Bremen. Le silence et la discrétion étaient primordiaux pour la réussite de l'attaque.

La vue familière des voiles sillonnant Maer Dualdon réconforta deBernezan. La surprise serait totale. L'armée se scinda : la tribu de l'Ours se dirigea vers Termalaine. La poussière soulevée par les chevaux ayant déjà suffi à alerter d'éventuels observateurs, la horde sauvage laissa libre cours à son exultation.

Postées en embuscade à Termalaine, les forces alliées de quatre villes devaient frapper vite et fort, écraser le clan et voler à la rescousse de Bryn Shander. La tribu de l'Ours serait prise en tenailles par deux corps d'armée. Si Kemp commandait les opérations, il avait accordé à Argowal l'honneur du premier assaut.

La troupe déchaînée se rua dans les rues de la ville, enflammant les premières maisons. En population, Termalaine ne le cédait qu'à Targos. C'était une cité étendue aux larges avenues, car les résidents savouraient leurs aises. Les rues paraissaient anormalement calmes. A en croire Haalfdane, riant des craintes de deBernezan, les rats s'étaient simplement terrés dans leur tanière.

— Brûlons les maisons pour les faire sortir ! beugla le suzerain. Que les pêcheurs entendent les cris de leurs femmes et voient leur logis partir en fumée !

Une flèche s'enfonça dans son poitrail jusqu'à la hampe. Touché au cœur, il mourut instantanément, l'horreur inscrite sur ses traits.

De son arc en bois de frêne, Argowal venait d'imposer un silence définitif au barbare. Les quatre armées de Maer Dualdon bondirent des toits. Contre un tel assaut, les guerriers comprirent vite que la bataille était jouée d'avance. Avant même d'avoir dégainé leurs armes, beaucoup furent taillés en pièces.

Les vétérans parvinrent à former des carrés ; les citadins luttaient pour défendre leur territoire et leurs familles. Munis d'armes forgées par les nains, ils écrasèrent l'envahisseur sous leur nombre.

Dans une ruelle à l'écart, caché derrière une charrette, Régis était en proie à un dilemme. Il ne désirait pas passer pour un lâche, mais il ne tenait pas davantage à s'impliquer dans les démêlés des humains.

Un inconnu à peau sombre surgit et l'aperçut. Il devait faire partie de la milice.

— Deux barbares viennent de passer par là ! lança Régis. Nous pouvons les rattraper.

DeBernezan avait d'autres idées en tête, en particulier celle de se fondre dans la population pour sauver sa vie. Il ne fallait laisser aucun témoin de sa duplicité. L'épée au poing, il approcha.

Régis sentit que quelque chose clochait.

— Qui êtes-vous ?

Il pensait connaître la ville entière. Or l'individu ne lui rappelait rien. Etait-ce le traître dont avait parlé Drizzt ?

DeBernezan se fendit. Vif et alerte, le petit homme esquiva, trébuchant sur le pavé.

Il se rétablit vite et recula pas à pas. Il se heurta à la charrette. Désespéré, il sortit son rubis et lui imprima un séduisant balancement.

— Ne me tuez pas ! Si vous m'épargnez, je vous le donnerai et je vous montrerai comment en obtenir d'autres ! ( La légère hésitation de deBernezan l'encouragea. ) C'est une belle gemme, digne de figurer en bonne place dans l'antre d'un dragon !

Les secondes passèrent sans que l'homme cille. Régis agrippa la petite masse d'armes passée à sa ceinture, cadeau de Bruenor.

— Approchez, suggéra-t-il.

Fasciné, deBernezan se pencha... et reçut un formidable coup sur la nuque.

Le tumulte se rapprochait. D'instinct, Régis se glissa sous le cadavre et fit le mort.

*
* *

Ignorant le sort de leurs camarades, les barbares atteignirent la longue colline basse qui menait à Bryn Shander.

Derrière l'enceinte les guettait une surprise de taille. Munie d'arcs, de lances et de chaudrons d'huile bouillante, l'armée de la ville, grossie des forces de Caer-Konig et de Caer-Dineval, attendait l'ennemi de pied ferme.

Par une sombre ironie du sort, la tribu de l'Elan, derrière la colline, cria sa joie d'entendre les premiers hurlements d'agonie. Quand Heafstaag mena ses hommes à l'assaut, le désastre le frappa à son tour.

Ils comprirent à peine ce qui arrivait.

Passé les premiers moments de confusion, Heafstaag

reprit le contrôle de la situation. Ses guerriers avaient traversé moult épreuves. Malgré les pertes, ils restaient supérieurs en nombre à ceux de Dix-Cités. La bataille ne faisait que commencer !

Venu de la route du Levant, le contingent du Havre du Levant chargea alors leur flanc gauche. Quatre-vingt-dix nains armés jusqu'aux dents les prirent à revers presque simultanément. Bruenor à leur tête, ils les chargèrent avec un élan irrésistible, décapitant les barbares comme une faux coupe le blé.

On se battit bravement de part et d'autre. Pressée de tout côté, la tribu de l'Elan fut écrasée à son tour. Désespéré, Heafstaag voulut rassembler ses hommes. Mais tout semblant d'ordre disparut autour de lui. Epouvanté, il comprit qu'il perdrait ses guerriers s'il ne trouvait pas un moyen de briser l'encerclement fatal et de regagner la toundra.

Alors qu'il n'avait jamais reculé sur un champ de bataille, il mena la retraite. Les survivants tentèrent de passer entre l'armée des nains et celle du Levant. Tous n'y parvinrent pas.

Au moment où le roi barbare embrochait deux nains, une sphère d'un noir insondable s'abattit sur lui. Quand il retrouva le soleil et l'air libre, un Drow se dressait sur sa route.

*
* *

Bruenor pouvait déjà ajouter sept encoches sur le manche de sa hache quand il affronta un huitième barbare. Imberbe, le gamin avait l'assurance d'un véritable guerrier. Arborant l'emblème de l'Elan, il n'avait pas le visage tordu par la soif de sang, à l'inverse de ses semblables. Il respirait l'intelligence et la mesure. Le nain se surprit à rechigner à tuer un jeune homme aussi engageant et prometteur. Sa compassion le fit hésiter.

Féroce comme l'exigeait son héritage, le barbare en profita pour porter le premier coup. Avec une mortelle précision, il abattit son épée, cabossant le heaume du nain. Bruenor sauta en arrière et le foudroya du regard, les mains sur les hanches.

Le barbare contempla son adversaire indemne avec des yeux ronds.

— Stupide gamin ! gronda le nain, avant d'attaquer. On ne t'a jamais appris à ne pas nous frapper sur la tête ? ( Il lui écrasa son bouclier sur le visage. ) Et de huit ! triompha-t-il, partant à la recherche d'un neuvième adversaire.

Il ne put s'empêcher de jeter un coup d'œil par-dessus son épaule. Quel dommage de tuer un être au regard si vif, une chose rare parmi les natifs du Val Bise...

*
* *

A la vue du Drow, la rage de Heafstaag redoubla.

— Chien de sorcier ! rugit-il, brandissant sa hache.

Drizzt plia un doigt : un halo pourpre courut le long du corps du cavalier pétrifié. Cimeterres aux poings, l'elfe bondit.

Affaibli par de multiples blessures, le barbare se mit en garde. Drizzt esquiva une première attaque et n'hésita plus à percer le flanc de son adversaire. Mais un estoc de Heafstaag le faucha par surprise. Aussitôt, le barbare chargea à bride abattue, espérant écraser son dangereux ennemi.

Aussi agile qu'un chat, Drizzt retomba sur ses pieds et attendit de pied ferme, un cimeterre pointé. Stupéfait, emporté par son élan, le roi s'y empala. Conscient de la force inhumaine du barbare, Drizzt ne se laissa plus surprendre quand Heafstaag lança sa hache ; de son second cimeterre, il lui ouvrit l'abdomen de part en part.

La hache glissa de mains sans vie. Désespéré, le barbare tenta de retenir ses entrailles. La tête roulant sur les épaules, il tomba de cheval.

Les nains sur les talons, d'autres fuyards surgirent à temps pour recueillir la dépouille de leur roi. Deux l'emportèrent tandis que leurs frères d'armes s'apprêtaient à donner leur vie pour retenir les nains.

Doutant que ses blessures viennent à bout d'un homme d'une pareille constitution, Drizzt voulut les poursuivre. Mais le vertige le gagna à son tour. Son manteau était trempé de sang. Couvert de sueur, aveuglé par l'éclat solaire, il s'évanouit.

*
* *

Les trois armées cantonnées dans Bryn Shander eurent vite raison de la première vague. Néanmoins, certains que le temps jouait en leur faveur, les barbares se regroupèrent derrière Beorg et repartirent à l'assaut.

Une troupe arrivait de l'est. Ils crurent qu'il s'agissait de Heafstaag volant à leur rescousse. Puis Beorg aperçut les fuyards qui couraient vers le défilé du Val Bise. Le roi de la tribu du Loup comprit la gravité de la situation. Il ordonna de s'éloigner de la ville assiégée, espérant rejoindre la tribu de l'Ours et tirer le meilleur parti des circonstances.

Tournant bride, les barbares se retrouvèrent nez à nez avec Kemp et les quatre cohortes de Maer Dualdon, leurs rangs à peine éclaircis par la bataille de Termalaine. Bryn Shander, Caer-Konig et Caer-Dineval sortirent de l'enceinte ; Bruenor et les nains surgirent de derrière la colline, accompagnés des trois dernières armées.

Beorg regroupa ses hommes.

— Tempus nous regarde ! les exhorta-t-il. Rendez-le fier de nous !

Huit cents barbares étaient pris au piège. Sûrs de la bénédiction de leur dieu, ils vendirent chèrement leur peau. Une heure durant, ils gardèrent leur formation intacte, chantant et mourant, avant que leurs rangs ne soient enfoncés.

Il y eut moins de cinquante survivants.

*
* *

Dix-Cités compta ses morts : cinq cents, plus deux cents blessés qui ne passeraient pas la nuit. Ce n'était pas catastrophique en regard des deux mille ennemis tués dans les rues de Termalaine et sur les pentes de Bryn Shander.

Bruenor avait hâte de rentrer au bercail. Stupéfait, il vit un petit homme porté en triomphe, au côté des autres héros du jour.

— Ventre-à-pattes ?

— Mon nom est Régis, rétorqua l'individu, avec *hauteur*, les bras fièrement croisés...

— Respect, bon nain, dit un porteur. En combat singulier, le porte-parole Régis de Bois Isolé a tué le traître qui nous a vendus aux barbares !

Amusés, Bruenor et ses compagnons regardèrent passer la procession.

— Il y a quelque chose là-dessous, ricana-t-il, ou je ne suis qu'un gnome barbu !

*
* *

Kemp de Targos et un de ses lieutenants découvrirent le corps de Drizzt Do'Urden. De la pointe d'une botte maculée de sang, Kemp le frappa, arrachant un gémissement au blessé.

— Il vit, constata le porte-parole. Comme c'est dommage...

Il flanqua un coup de pied plus virulent à l'elfe sans défense. Son compagnon réjoui s'apprêta à l'imiter.

Un poing ganté s'abattit sur Kemp avec assez de force pour l'envoyer rouler dans l'herbe par-dessus le corps de sa victime. Pivotant, son lieutenant fut frappé en plein visage.

Son nez éclata sous la violence du coup.

— Il y en aura pour tout le monde ! hurla Bruenor.

En amont de la colline, Cassius vit la scène et accourut en criant de colère :

— On devrait t'apprendre la diplomatie !

— Reste où tu es, fils de porc ! Vous devez vos vies puantes et vos maisons au Drow et vous le traitez comme de la vermine ! éructa-t-il à qui voulait l'entendre.

— Mesure tes propos, nain, l'avertit Cassius, une main sur le pommeau de son épée.

Les nains se regroupèrent derrière leur chef ; les hommes de Cassius firent de même.

Une troisième voix s'éleva.

— Mesure les tiens, Cassius, menaça Argowal de Termalaine. Si j'avais autant de courage que le nain, j'aurais agi contre Kemp ! ( Il désigna le nord. ) Le ciel est dégagé ! Sans le Drow, il rougeoierait de l'incendie de Termalaine à l'heure qu'il est !

Lui et ses hommes rejoignirent les nains. Deux d'entre eux soulevèrent doucement le Drow inconscient.

— Ne crains rien pour ton ami, vaillant nain, assura Argowal. On le soignera dans ma cité. Ni moi ni ceux de Termalaine ne préjugerons encore de ses qualités à cause de la couleur de sa peau ou de la réputation de sa race !

— Quittez Bryn Shander sur-le-champ ! écuma Cassius, vert de rage.

Il menaçait en vain : les guerriers de Termalaine tournaient déjà le dos.

— Je n'oublierai pas ! hurla Kemp.

Pour toute réponse, Bruenor cracha dans sa direction et continua tranquillement à fouiller le champ de bataille avec ses guerriers.

L'alliance des dix bourgs avait duré le temps d'une tentative d'invasion.

# ÉPILOGUE

Les pêcheurs des Dix-Cités détroussèrent les cadavres et achevèrent les barbares mourants.

Au milieu du carnage s'accomplit un acte isolé de miséricorde. Alors qu'on s'apprêtait à poignarder un jeune homme évanoui, Bruenor s'interposa en reconnaissant le porte-étendard de la tribu de l'Elan.

— Ne le tuez pas. Ce n'est qu'un gosse.

— Bah ! Ces chiens auraient-ils eu pitié de nos enfants ? Il a déjà un pied dans la tombe de toute façon.

— Eh bien, j'insiste ! s'impatienta Bruenor.

Avec un soupir dégoûté, le pêcheur partit à la recherche d'autres victimes.

L'adolescent gémit.

— On dirait qu'il te reste un peu de vie, marmonna le nain. ( Il s'agenouilla près de lui et le tira par les cheveux. ) Ouvre grandes tes oreilles, mon garçon : je viens de te sauver la vie. Ne me demande pas pourquoi, je l'ignore. N'imagine surtout pas que les gens des Dix-Cités te pardonnent. Je veux que tu voies la désolation qu'ont provoquée les tiens. Tu as peut-être la tuerie dans le sang. Si c'est le cas, autant qu'on t'achève ici et maintenant ! Mais j'ai le sentiment que tu vaux mieux que ça. A toi de me le prouver. Tu resteras à mon service dans les mines pendant cinq ans et un jour, avant de mériter ta liberté.

Le jeune barbare sombra dans l'inconscience.

Dégoûté, Bruenor le lâcha.

— Peu importe, tu m'entendras !

Dans ses rêves les plus fous, jamais le nain n'aurait imaginé que le garçon qu'il venait d'épargner, Wulfgar, deviendrait un jour l'homme qui remodèlerait la toundra.

*
* *

Très loin au sud, dans un vaste défilé, parmi les pics culminants de l'Epine Dorsale du Monde, Akar Kessell savourait une douce existence. Ses esclaves gobelins le pourvoyaient en humaines kidnappées dans les caravanes de passage. Un jour, de la fumée montant à l'horizon de Dix-Cités attira son attention.

— Les barbares, devina-t-il.

En visite au Havre du Levant, les sorciers et lui avaient entendu parler d'un rassemblement de tribus. Mais que lui importait ? A Cryshal-Tirith, il avait tout ce qu'il désirait. Voyager ne l'intéressait pas.

Crenshinibon était doué d'une vie authentique. Il ne voulait rien tant que conquérir et commander. L'Eclat de Cristal n'était pas disposé à se contenter d'une existence isolée dans les montagnes, avec des vils gobelins pour unique amusement.

Le souvenir de Dix-Cités éveilla la faim de Crenshinibon. Il utilisa ses pouvoirs mentaux sur l'humain.

Soudain, le sorcier se vit trônant à Bryn Shander, incommensurablement riche et respecté. Il imagina la tête d'Eldeluc et de Dendybar face à Akar Kessell, seigneur de Dix-Cités et de tout le Val Bise !

L'idée le réjouit. Il analysa son rêve.

Soumettre les pêcheurs à sa volonté serait délicat. Mieux valait ne pas trop y compter. Quelques gobelins avaient réussi à s'enfuir de la tour et à recouvrer leur libre arbitre. Une simple domination ne marcherait pas sur des humains.

Utiliserait-il l'énergie qui courait dans la structure-même de Cryshal-Tirith, charriant des forces destructrices au-delà de toute imagination ? Hélas, même la puissance de Crenshinibon avait ses limites. Elle dépendait de l'exposition au soleil. De plus, les dix bourgs s'étendaient sur de trop vastes superficies pour être tenus sous un seul joug. Or, Kessell ne tenait pas à les raser. Les gobelins étaient amusants, mais il désirait voir plier devant lui des hommes comme ceux qui l'avaient persécuté sa vie entière.

Après tout ce qu'il avait enduré, le Cristal lui revenait de droit.

Inévitablement, il lui faudrait une armée.

Les gobelins fanatisés mourraient avec joie pour lui. Plusieurs l'avaient déjà prouvé. Mais ils n'étaient pas assez nombreux.

Une autre idée perverse s'insinua dans ses pensées. Bientôt, il s'abattrait sur les plaines, à la tête d'une immense armée de gobelins, d'ogres, de trolls et de géants.

Comme les humains trembleraient devant lui !

Affalé sur un coussin mœlleux, il fit venir la nouvelle recrue de son harem. Ses rêves avaient pris un tour étrange : l'envie le titillait de faire souffrir les jeunes femmes, de leur arracher des supplications, avant de les tuer.

Il repensa à la perspective de conquérir Dix-Cités. Rien ne pressait. Il avait tout son temps. Les gobelins lui ramenaient toujours de beaux jouets.

Crenshinibon parut s'en satisfaire. Il venait de planter la graine indispensable à ses projets dans l'esprit malléable de son pion.

A l'instar de l'humain, l'Eclat de Cristal n'était pas pressé.

Il avait attendu dix mille ans dans les limbes avant de renaître à la vie et au pouvoir.

Quelques années de plus ou de moins, qu'était-ce ?

# LIVRE SECOND

## WULFGAR

# CHAPITRE IX

## PLUS UN GARÇON...

Régis s'étira paresseusement sous son arbre favori. Les rayons de soleil perçant les frondaisons firent briller ses fossettes de chérubin. La canne à pêche avait été délestée de son appât depuis longtemps. Régis attrapait rarement un poisson, mais il se targuait de ne jamais gâcher plus d'un asticot.

Depuis son retour à Bois Isolé, ses journées s'écoulaient ainsi. Il passait l'hiver à Bryn Shander, savourant la compagnie de son ami Cassius. La cité sur la colline ne rivalisait pas avec Calimport, mais le palais du porte-parole était la résidence la plus luxueuse du Val Bise.

Juillet était bien entamé, néanmoins c'était la première journée de beau temps. Nu comme un ver, le petit homme comptait profiter du soleil jusqu'à la fin du jour.

Un cri venu du lac lui fit lever une paupière. Son ventre rebondi, qui l'empêchait de contempler autre chose que le bout de ses orteils, lui faisait toujours plaisir à voir.

Deux bateaux de Termalaine s'opposaient à deux navires de Targos avec pour enjeu la zone la plus poissonneuse du lac. Depuis la bataille de Bryn Shander, quatre ans et demi plus tôt, les deux bourgs luttaient à couteaux tirés. Les altercations entre pêcheurs étaient monnaie courante.

Rien ne changeait vraiment. Fataliste, Régis retourna à son occupation favorite : la sieste. Malgré l'ardente dispute au sujet du Drow, les porte-parole, Régis compris, avaient nourri un temps le fol espoir de voir naître une véritable communauté.

La bonne volonté s'était vite tarie. Belle Prairie et la Brèche de Dougan, les cités du sud, férocement indépendantes en temps ordinaire, avaient exigé des dédommagements de Bryn Shander et de Termalaine pour leurs pertes. Selon elles, les deux villes qui avaient le plus bénéficié de la victoire devraient payer. Bien entendu, les bourgs du nord s'étaient moqués de pareilles revendications.

Ainsi, personne n'avait tiré la leçon de l'aventure, les dix communautés étant plus divisées que jamais.

Bois Isolé s'était considérablement développé. Maer Dualdon demeurait le lac le plus poissonneux. La rivalité entre Termalaine et Targos, et les nombreuses crues du capricieux fleuve Shaengarne, servaient le bourg à merveille. Il avait même lancé une campagne pour attirer du monde, se proclamant le « foyer du petit homme héroïque ».

Ne désirant plus semblables responsabilités, Régis avait renoncé à sa charge de représentant peu après la bataille. La ville en expansion requérait désormais un porte-parole plus agressif.

Naturellement, le rusé petit homme avait mis sa réussite à profit, persuadant les notables de lui accorder une part des bénéfices en paiement de sa notoriété.

Sa bonne fortune le faisait sourire de toutes ses dents. Il coulait des jours heureux, sans souci.

Ses sculptures en cornedentelle se vendaient dix fois plus cher que la moyenne. Il avait *persuadé* des connaisseurs en visite à Bryn Shander que sa patte unique conférait à ses œuvres une valeur esthétique particulière.

*
* *

Le marteau travaillait le métal rougeoyant. De violentes étincelles crépitaient sur l'enclume. Le bras musclé s'élevait et s'abattait sans relâche.

Dans l'atelier exigu, le forgeron portait des braies et un tablier de cuir. Sous l'orangé des feux, son poitrail luisait de sueur et de suie. A l'instar d'un dieu issu de la nuit des temps, ses gestes fluides et inlassables semblaient surnaturels.

Quand le fer plia enfin sous la force de ses coups, il sourit. La dureté du métal mettait à rude épreuve sa propre résistance. L'ivresse de la victoire fut presque comparable à celle d'un combat remporté de haute lutte.

— Bruenor sera content...

Sa remarque le plongea dans une profonde réflexion. Le souvenir de ses premiers jours dans les mines lui arracha un sourire. Combien il avait été furieux de s'être vu refuser l'honneur de mourir les armes à la main ! Bruenor avait appelé sa clémence faire des « affaires » en acquérant de la main-d'œuvre à bon marché.

Constamment baissé dans les tunnels, Wulfgar entamait son cinquième et dernier printemps parmi les nains. Il languissait de l'air libre et de l'infinie toundra. Il lèverait les bras au ciel, respirerait à fond... Ou, allongé dans l'herbe, il s'abandonnerait à de mystiques visions d'horizons inconnus et d'étoiles cristallines.

Toutefois, les courants chauds et le martèlement incessant des forges lui manqueraient. Il avait suivi le code brutal de l'honneur de son peuple, considérant la capture comme une disgrâce. La première année, renfrogné et rebelle, il s'était récité le Chant sacré de Tempus pour lutter contre la mollesse des gens civilisés du Sud.

Mais Bruenor était aussi dur que le métal qu'il travaillait. S'il ne professait aucun amour de la guerre, il maniait sa hache comme personne et résistait à des coups qui eussent abattu un ogre.

Dès le début, le nain avait été une véritable énigme pour Wulfgar. Le jeune barbare le respectait à son corps défendant. Bruenor l'avait vaincu en combat loyal. Pourtant, l'affection que Wulgar lisait dans ses yeux le déroutait. Les barbares étaient venus saccager Dix-Cités. Or, l'attitude du nain n'était pas celle d'un maître brutal envers un esclave, mais celle d'un père sévère. Wulfgar n'échappait pas pour autant aux corvées.

Au fil des mois, le ressentiment du jeune homme avait disparu. Il acceptait son sort avec stoïcisme, obéissant sans se plaindre. Peu à peu, sa situation s'était améliorée.

Bruenor lui avait appris à se servir d'une forge et à créer de belles armes. Un jour - inoubliable -, Wulfgar avait reçu son propre atelier où battre le fer dans la solitude et la sérénité, même si, de temps à autre, Bruenor pointait le bout de son nez pour grommeler ou lui prodiguer des conseils. Plus qu'une certaine liberté, Wulfgar y avait retrouvé sa fierté. La résignation du captif avait fait place à l'amour de l'art d'un véritable artisan. Aucune imperfection ne trouvait grâce à ses yeux. Ce changement de perspective l'enchantait.

Bruenor appelait cela « avoir du caractère ».

Les bénéfices étaient également d'ordre physique :

les muscles s'étaient développés, transformant le jeune dégingandé en un athlète inégalé. Le rythme de travail des nains, infatigables, lui avait donné du cœur au ventre, augmentant son endurance.

Quand il avait repris ses esprits après la désastreuse bataille, Wulfgar avait juré de se venger de Bruenor dès sa libération. A son étonnement, il comprenait maintenant que le temps passé sous la tutelle du nain avait fait de lui un homme meilleur. La simple idée de lever la main sur lui le rendait malade.

Il sublima ses émotions brutales, battant le fer à coups redoublés. Lentement mais sûrement, une nouvelle épée prenait forme.

Ce serait une belle pièce.

Bruenor serait content.

# CHAPITRE X

## LES TÉNÈBRES S'ÉPAISSISSENT

Méprisant, Torga l'orc affrontait du regard Grock le gobelin. Depuis des années, leurs tribus se disputaient un vallon de l'Epine Dorsale du Monde.

Dominés par une force supérieure à la haine qu'ils se vouaient, ils en étaient réduits à faire assaut de regards noirs et de vaines menaces. On leur avait ordonné d'oublier leurs sanglants différends.

Torga et Grock rejoignirent ensemble leur nouveau maître dans sa tour de cristal.

*
* *

Deux clans supplémentaires vinrent grossir les rangs de l'armée. Sur le plateau de Cryshal-Tirith flottaient les bannières des Lances Tordues, des Trolls de la Mort, des Orcs de la Langue Coupée et maintes autres. Kessell avait également réuni un important clan d'ogres et une quarantaine de verbeegs géants.

L'objet de sa fierté était un groupe de colosses des glaces, simplement désireux de plaire à Crenshinibon.

Ses caprices satisfaits, Kessell avait coulé jusque-là des jours heureux.

Mais Crenshinibon n'était pas satisfait. Sa soif de puissance étant insatiable, il fallait que son détenteur songe à de plus grandes conquêtes. Dans leur conflit de volonté, Kessell avait le dernier mot : la décision lui revenait toujours. Sans *manipulateur*, l'Eclat de Cristal était aussi impuissant qu'une épée sans un bras pour la porter. Crenshinibon était ainsi réduit à de subtiles manœuvres pour obtenir ce qu'il voulait. Il glissait des visions de conquête dans les pensées de l'humain. Kessell ne résisterait pas longtemps à la carotte qu'il agitait sous son nez : le respect.

L'apprenti sorcier était une proie parfaite. Lui qui avait léché tant de bottes dans sa vie aurait tout donné pour renverser les rôles.

Le temps était venu de transformer ses rêves en réalité. Le monde tremblerait à la simple mention de son nom.

La patience était impérative. Triompher de l'inimitié naturelle de ses soldats n'était pas une mince affaire.

Peu à peu, il y parvenait. Il venait de convoquer deux tribus adverses avec des résultats positifs. Soucieux de ne pas s'attirer les foudres du sorcier, Torga et Grock s'étaient avancés vers lui en cherchant *in petto* le moyen de s'entre-tuer.

Après une brève entrevue, les deux monstres discutaient comme de vieux amis de la gloire qui les attendait au service d'Akar Kessell.

Avec les géants des glaces comme officiers, les ogres comme fantassins, les verbeegs comme force de frappe et les trolls comme garde personnelle, sa nouvelle armée prenait forme. Dix mille gobelins fanatisés attendaient un mot de lui pour fondre sur l'ennemi.

— Akar Kessell, le tyran du Val Bise ! cria-t-il, exalté, à son esclave favorite du moment réduite à l'état de zombie.

*
* *

Au sud des steppes verglacées, dans les pays plus civilisés où régnait une certaine douceur de vivre, les sorciers et leurs apprentis étaient moins rares. Les mages authentiques ayant consacré leur vie aux arts occultes jouissaient du respect général.

A moins d'être assoiffés de pouvoir - une fort dangereuse occurrence -, ils mesuraient leurs expériences à l'aune de la prudence, limitant au maximum les désastres.

En revanche, les apprentis sorciers étaient moins circonspects et se souciaient peu des conséquences de leurs actes.

A mille lieues de Cryshal-Tirith, un jeune apprenti très prometteur s'appropria le diagramme d'un puissant cercle, puis vola l'invocation idoine. Ravi des incroyables perspectives qui s'offraient à lui, il dénicha le nom du démon concerné dans le grimoire de son maître.

Dans la sorcellerie, l'art de réduire en servitude les démons venus d'autres plans était le péché mignon du jeune homme. Afin de lui apprendre la prudence, son mentor lui avait permis d'invoquer des midges et des goules grâce à un portail magique. En réalité, l'expérience avait aiguisé son appétit. Il avait supplié son maître de le laisser traiter avec un véritable démon. Le sorcier était resté inflexible, arguant qu'il n'était pas prêt.

L'apprenti n'était pas du même avis.

Le jour même, il traça le cercle. Sûr de lui, il ne

prit pas la peine de consacrer un moment à vérifier les runes et les symboles. Les thaumaturges y passaient parfois une semaine entière.

Assis au centre de la pièce, il garda les yeux rivés sur le brasero qui servirait de portail. Arrogant, il invoqua le démon des Abysses.

Le colossal Errtu perçut un appel lointain. D'ordinaire, la bête aurait ignoré une invocation si faible.

Cependant, elle tombait à point nommé. Quelques années plus tôt, Errtu avait senti une puissante énergie dans le plan matériel, en rapport avec sa quête entreprise un millénaire plus tôt, qu'Al Dimeneira avait interrompue. Depuis, il brûlait de s'y infiltrer à la première occasion.

L'apprenti se perdit dans les flammes hypnotiques. Bientôt, elles se fondirent pour n'en former qu'une.

Fasciné, le jeune homme ne s'aperçut de rien. La flamme grandissante adopta toutes les couleurs du spectre avant de devenir incandescente.

En sueur, le téméraire comprit enfin qu'il perdait le contrôle de l'invocation. La magie déchaînée prenait son propre envol.

De grandes serres et des ailes de cuir se dessinèrent au cœur du feu. C'était un démon gigantesque !

— Errtu ! cria l'apprenti malgré lui.

Dans la hiérarchie des Abysses, le monstre ne le cédait en importance qu'aux seigneurs infernaux.

Une gueule grotesque aux yeux rougeoyants, au museau canin et aux incisives d'ours, se forma.

De la bave acide coulait de ses babines.

Errtu se désolidarisa de la flamme. Ignorant le jeune fou terrifié, il fit le tour du cercle à la recherche d'une faille.

L'apprenti retrouva un semblant de calme. Il venait d'invoquer un démon majeur !

Il faudrait une main de fer pour le tenir en respect.

— Démon, lança-t-il, je détiens la clef de tes

tourments. Tu dois m'obéir si tu veux réintégrer ton plan chaotique !

Erru trouva l'erreur fatale : une rune mal tracée. Le cercle magique ne pouvait se permettre d'être *presque* parfait.

L'apprenti mourut.

\*
\*  \*

Erru n'eut aucune peine à suivre la piste. Planant sur ses immenses ailes de chauve-souris, au-dessus des cités des hommes, des lacs et des montagnes, il vola jusqu'au nord des Royaumes : l'Epine Dorsale du Monde.

Là se trouvait la relique qu'il convoitait depuis des siècles.

\*
\*  \*

Bien avant que ses troupes s'éparpillent dans la panique, Kessell eut conscience du démon volant vers lui. Crenshinibon l'en informa.

A l'abri de sa tour surnaturelle, le sorcier ne s'en émut guère. Il détenait la relique vivante. La créature infernale n'y pouvait rien. Comme tant d'autres objets magiques venus de la nuit des temps, l'Eclat de Cristal n'était pas accessible à la force brute. Erru le désirait ; en conséquence, il avait intérêt à ne pas s'aliéner Kessell, et partant, Crenshinibon.

Bavant de l'acide, le démon beugla triomphalement à la vue de Cryshal-Tirith. Aucun gobelin ou géant ne se dressa sur sa route pour l'empêcher d'entrer.

Flanqué de ses trolls, le sorcier l'attendait dans la salle principale, au premier niveau. Même si les trolls étaient impuissants contre un démon de feu, Kessell tenait à l'impressionner.

Le nouveau venu lui serait très utile.

Dans ces régions sauvages, Errtu avait pensé trouver un orc ou un géant, facilement intimidable et peu futé. La vue du mage humain lui ôta ses illusions.

— Salut, ô seigneur des Abysses, l'accueillit Kessell, courtois. Bienvenue dans mon humble demeure.

La rage submergea la bête. Elle avança, menaçante.

Crenshinibon la rappela à la raison.

Des parois jaillit la douloureuse luminosité de dix soleils. Errtu se couvrit les yeux. Quand elle disparut, il ne renouvela pas sa tentative meurtrière.

Heureux du soutien de sa relique, Kessell reprit la parole d'un ton plus ferme :

— Tu es venu t'emparer de ceci. ( Des plis de sa tunique, il sortit l'Eclat. ) Abandonne tous tes rêves : il n'est pas pour toi !

Défaut fatal de sa personnalité, sa fierté imbécile le poussait à provoquer le démon.

*Assez !* lui souffla Crenshinibon. *C'est un adversaire dangereux. Ne persiste pas à t'aliéner un allié potentiel !*

Kessell se rendit à ses raisons. Il opta pour une solution médiane.

Pour autant qu'il l'eût voulu, Errtu ne pouvait châtier l'impertinent. Renoncer à la quête, son unique motivation depuis des éons, était également inconcevable.

— J'ai une offre qui pourrait t'intéresser, reprit l'humain, ignorant le regard noir dardé sur lui. Reste à mon côté et sois le commandant de mon armée ! Les terres du Nord seront entièrement balayées !

— Tu voudrais que je te serve ? ricana Errtu. Tu n'as aucune prise sur moi !

— Laisse-moi rectifier ta perspective erronée : il ne s'agit pas de servitude, mais d'une occasion unique de te joindre à une conquête glorieuse ! Tu as mon profond respect, puissant démon. Je n'aurai jamais la présomption de me croire ton maître.

Crenshinibon avait bien manœuvré. L'attitude moins menaçante d'Errtu trahit son intérêt.

— Et considère les gains. Comparé à toi, les humains sont éphémères. Quand Akar Kessell ne sera plus, à qui reviendra le Cristal ?

Avec un sourire mauvais, le nouveau venu s'inclina.

— Comment refuser proposition si généreuse ? répondit-il d'une voix atrocement rauque. Montre-moi, sorcier, les conquêtes qui nous attendent.

Kessell aurait pu danser de joie.

Son armée était fin prête.

# CHAPITRE XI

## AEGIS-FANG

En sueur, Bruenor tourna la clef dans la serrure poussiéreuse de la porte de bois. Il redoutait cette ultime mise à l'épreuve de ses talents. A l'instar de tous les maîtres forgerons, dès le début de sa longue carrière, il avait attendu ce moment avec enthousiasme et appréhension.

Le bois grinçant s'écarta comme à regret. On n'avait plus ouvert la porte depuis des années. Bruenor en fut réconforté. Il eût détesté que d'autres voient ses possessions chéries entre toutes. S'assurant que personne ne l'avait suivi, il entra, torche en main.

L'unique pièce de mobilier était un coffre bardé de fer et de chaînes cadenassées. La poussière et d'innombrables toiles d'araignée le couvraient. C'était bon signe.

Bruenor referma doucement la porte.

Calant la torche près de lui, il prit un petit bout de bois à sa ceinture et décrocha la clef d'argent pendue à son cou. Manœuvrant avec la plus grande prudence, il tourna la clef avec lenteur dans la serrure, le morceau de bois en guise de bouclier. Le piège déclenché, le dard empoisonné s'y ficha. Soulagé, Bruenor savoura l'importance de l'instant. Il avait installé le ressort et la pointe trempée dans du venin de serpent un siècle plus tôt. Maîtrisant son impatience, il écarta les chaînes et souleva le couvercle.

Le coffret renfermait un gobelet d'argent, un sac d'or, une dague sertie de pierres précieuses, mais au piètre équilibre, et quelques autres objets de moindre valeur, sinon personnelle : un heaume cabossé, de vieilles bottes...

C'était un leurre.

Bruenor les sortit.

Le fond du coffre était au même niveau que le sol. Le nain rusé avait creusé *sous* le meuble avec le plus grand soin. Le plus fin des voleurs aurait juré qu'il était posé sur la terre. Bruenor dégagea un petit orifice.

Jubilant, il contempla ses trésors les plus précieux : un bloc de mithril pur, une bourse en cuir, un coffret doré et un étui d'argent fermé par un diamant. Ils n'avaient pas bougé d'un pouce.

Essuyant ses mains en sueur, il maîtrisa son tremblement et sortit ses trésors un par un pour les glisser dans son sac. Il enveloppa le bloc de mithril dans une couverture. Puis il masqua le trou et remit tout en place, à l'exception du dard empoisonné.

\*
\* \*

Bruenor avait aménagé sa forge dans un coin peu fréquenté du Cairn de Kelvin. Sur le flanc ouest, la Descente Bremen s'évasait en toundra, à l'instar du Défilé du Val Bise. La roche pure convenait à merveille.

Comme toujours, Bruenor approcha du lieu sacré à pas mesurés et respectueux. Porteur des trésors de son héritage, il se souvint des siècles passé, à Mithril Hall, quand son père lui avait solennellement remis son premier marteau :

— *Si ton talent est authentique, si tu as la chance de vivre vieux et de sentir la puissance de la terre, tu vivras un jour unique. Une bénédiction particulière - d'aucuns parleraient de malédiction -, caractérise notre peuple. Le meilleur d'entre nous peut forger une arme inégalable. Ce jour-là, mon fils, tu t'impliqueras entièrement dans ta tâche. Jamais tu ne retrouveras pareille perfection. Sachant cela, tu perdras ensuite ton enthousiasme à marteler le métal. Ta vie n'aura plus le même goût. Mais tu auras forgé une arme de légende qui te survivra bien après que tes os seront redevenus poussière.*

Son père n'avait pas vécu assez longtemps pour vivre semblable expérience.

Néanmoins, Bruenor allait rendre ses ancêtres fiers de lui.

Son jour était arrivé.

\*
\* \*

L'image d'un marteau à double tête, caché dans le bloc de mithril, lui était venue en songe. Bruenor n'avait pas perdu de temps. A présent, l'astre nocturne brillait au firmament. Le solstice crépitait de magie. La pleine lune exacerberait l'enchantement de cette nuit particulière. Le *dweomer* de pouvoir serait particulièrement inspiré.

La construction de la forge avait été le plus aisé.

Maintenant il était temps de passer à l'étape cruciale du processus. Il soupesa le bloc de mithril, savourant la pureté et la force du métal argenté.

Le nain eut la vision d'un merveilleux marteau de guerre. Son cœur et son souffle s'emballèrent.

Il se mit à l'ouvrage.

L'aube dissipa l'enchantement. Il retourna chercher la tige d'adamantite et dormit dans son atelier improvisé. Puis il arpenta les lieux comme un lion en cage, guettant la tombée de la nuit.

Aussitôt, il se remit au travail. Sous ses manipulations expertes, le métal se modelait avec aisance. Avant qu'un nouveau jour l'interrompe, la première tête serait achevée. La nuit suivante, la poignée d'adamantite serait prête à son tour.

La nuit du solstice d'été, il serait paré pour l'enchantement de la pleine lune.

*
* *

Guidée par des sens aiguisés, la chouette silencieuse fondit sur le lapin. Pourtant sa concentration flancha inexplicablement. Le prédateur rentra bredouille.

Hiératique, un loup solitaire de la toundra guetta l'immense orbe argentée à l'horizon. Puis ses hurlements ancestraux furent repris en chœur, de loin en loin, par ses semblables et d'autres créatures de la nuit.

La nuit du solstice d'été exaltait tous les êtres chez qui la civilisation n'avait pas tué les pulsions primitives.

Absorbé par le chef-d'œuvre de son existence, Bruenor avait atteint une concentration sereine. Il ouvrit sans trembler le couvercle du coffre doré.

Le puissant marteau de guerre finement ouvragé

était l'apothéose d'une vie de travail. Il attendait les runes délicates et les incantations qui en feraient une arme unique.

Avec révérence, le nain prit un petit maillet d'argent et un ciseau. Sans hésiter, il grava les premiers symboles. Les notes pures le faisaient frissonner. Toutes les conditions étaient réunies pour atteindre la perfection.

Il ne remarqua pas le regard sombre dardé sur lui.

Les runes qu'il gravait venaient du tréfonds de son cœur et de son âme. Emu, il cisela le marteau et l'enclume de Moradin, le Forgeron des Ames, et les haches croisées de Clanggedin, le père des Batailles. Puis il ôta le diamant de l'étui et prit un parchemin, intact malgré le passage du temps. Il le déroula à plat sur l'enclume. Peu à peu, les rayons de la pleine lune firent apparaître les runes secrètes.

C'était son héritage. Sans les avoir jamais vues, Bruenor reconnut leurs courbes sibyllines. D'une main sûre, il traça les signes magiques entre les deux symboles divins. Fasciné, il les vit disparaître un par un du parchemin. Le temps n'avait plus de sens pour le forgeron en transe.

Il compléta son œuvre à l'aide de la gemme : les lignes de Dumathoin, Gardien des Secrets sous la Montagne, épousèrent parfaitement le tracé des runes de pouvoir, qu'elles occultèrent.

C'était le couronnement de sa vie.

Respirant à fond pour se calmer, Bruenor prit la bourse en cuir, annonciatrice de l'étape décisive. La poussière de diamant scintilla doucement.

Derrière les roches, Drizzt Do'Urden se tendit. Mais il prit garde de ne pas troubler la concentration de son ami.

D'un coup, Bruenor fit voler la poussière dans les airs et brandit le marteau de guerre au-dessus de sa tête. Il prononça les mots de pouvoir et se sentit vidé de ses forces vitales. Le niveau de perfection des runes était déterminant, car elles s'étaient simultanément gravées dans le cœur du nain. La quantité de diamant capturée par l'arme magique dépendait de l'énergie investie.

Les ténèbres s'abattirent sur le maître forgeron. Pris de faiblesse, il n'en continua pas moins à énoncer le sortilège qui drainait son énergie. Par bonheur, Bruenor sombra dans l'inconscience.

Les nerfs en pelote, Drizzt se détourna. Il ignorait si son ami survivrait, mais il était fortement impressionné. Il avait été témoin de son triomphe. Le scintillant mithril du marteau avait absorbé la pluie de diamant.

Pas un seul grain n'avait échappé à l'appel de Bruenor.

# CHAPITRE XII

## LE DON

Perché sur l'Escalade de Bruenor, Wulfgar scrutait les environs, guettant le retour du nain. Le barbare s'isolait souvent là, avec pour compagnons ses pensées et la plainte des vents. Devant lui s'étendaient la vallée des nains, le Cairn de Kelvin et le nord du lac Dinneshere, ainsi que le défilé du Val Bise.

Ce dernier menait dans son pays.

Bruenor était parti depuis des jours. D'abord heureux d'échapper aux constantes récriminations du nain, Wulfgar n'avait pas tardé à changer d'avis.

— Tu t'inquiètes pour lui, n'est-ce pas ?

C'était la voix de Catti-Brie.

Il ne répondit pas à la question. Ses protestations ne seraient pas prises au sérieux.

— Il reviendra, continua-t-elle. Il est aussi tenace que le roc. La toundra ne l'arrêtera pas.

Le barbare se tourna vers la « fille » de Bruenor.

D'un abord calme, elle brûlait en réalité d'un feu intérieur et d'une énergie inhabituels chez une femme, du moins aux yeux de Wulfgar. Les femmes barbares étaient élevées dans le sentiment que leurs opinions étaient dénuées de valeur. A l'instar de son mentor, Catti-Brie disait exactement ce qu'elle avait sur le cœur et exposait ses sentiments sans la moindre ambiguïté. Les joutes verbales entre les deux jeunes gens, sensiblement du même âge, étaient souvent animées. Malgré tout, Wulfgar était heureux de leur camaraderie bon enfant.

Catti-Brie l'avait aidé à s'adapter. Même si elle était rarement de son avis, elle l'avait respecté dès les premiers jours, quand il n'avait que mépris pour lui-même. De plus, elle n'était sûrement pas étrangère à la décision du nain de le prendre sous son aile.

Sur bien des plans, la jeune femme avait plus de maturité que lui, car elle possédait un solide sens des réalités. Par d'autres côtés, comme sa démarche primesautière, elle resterait toujours une enfant. Cette harmonie peu ordinaire entre calme et fougue, sérénité et joie, intriguait Wulfgar, constamment déconcerté à son contact.

Naturellement, d'autres émotions conspiraient à le dérouter. C'était un beau brin de fille. Sa longue chevelure bouclée, d'un châtain aux riches nuances, flottait sur ses épaules ; son regard d'un bleu profond était si pénétrant qu'il mortifiait souvent les prétendants, pris au dépourvu. Mais l'attirance physique n'était pas tout. Catti-Brie échappait aux normes de Wulfgar. Il n'était pas certain d'apprécier tant d'indépendance chez une femme. Pour autant, il aurait difficilement nié la fascination qu'elle exerçait sur lui.

— Tu viens souvent ici, n'est-ce pas ? reprit-elle. Qu'y cherches-tu ?

Il haussa les épaules.

— Ton foyer ?

— Oui, ainsi que d'autres choses qu'une femme ne saurait comprendre.

Catti-Brie se contenta de sourire.

— Explique-moi en ce cas. Peut-être que mon ignorance te fera voir les choses sous un nouvel angle.

Elle s'assit près de lui.

La grâce de ses mouvements l'éblouit. A l'image de la curieuse bipolarité émotionnelle constituant sa personnalité, Catti-Brie était aussi énigmatique d'un point de vue physique : élancée, d'apparence frêle et déliée, elle était pourtant rompue aux travaux épuisants.

— Il s'agit d'aventures et d'un serment non tenu, dit-il, impénétrable.

— Or, tu veux tenir parole dès que possible.

— C'est mon héritage, un fardeau qui m'a échu à la mort de mon père. Le jour viendra...

Il contempla la toundra au-delà du Cairn de Kelvin.

Catti-Brie comprit qu'il s'agissait d'une mission dangereuse, sinon suicidaire, dictée par l'honneur.

— J'ignore ce qui te motive. Bonne chance. Mais si tu entreprends l'aventure pour les raisons que tu cites, tu gâches ta vie.

— Que connaît une femme à l'honneur ?

— Une question de rustre, ma parole ! T'imagines-tu détenir le monopole de l'honneur à cause de ce que tu caches dans ton pantalon ?

Wulfgar rougit jusqu'à la racine des cheveux. Comment discuter avec une fille aussi culottée ?

— De plus, ajouta-t-elle, tu peux dire tout ce que tu veux, mais il est évident que tu t'inquiètes pour Bruenor. Je le sais.

— Tu sais uniquement ce que tu désires savoir !

— Tu lui ressembles beaucoup - plus que tu ne voudrais l'admettre. Aussi fiers, entêtés et hypocrites l'un que l'autre ! A ta guise, Wulfgar du Val Bise. Tu peux mentir aux autres, pas à toi-même !

Elle se leva et partit.

Malgré son ressentiment, il admira sa grâce et le balancement de ses hanches fines. Il ne s'attarda pas sur la véritable raison de sa colère.

Sinon, il découvrirait comme toujours que la légitimité de ses accusations en était la cause.

*
* *

Deux jours durant, Drizzt Do'Urden monta la garde au côté de son ami inconscient. Malgré son inquiétude et sa curiosité, il resta à distance respectable de la forge.

A l'aube du troisième jour, Bruenor revint à lui. Silencieux, l'elfe remonta le chemin que le nain emprunterait. Il dressa un campement à la hâte.

Le nain s'assura qu'aucune empreinte ne trahissait la présence d'un intrus. Puis, tremblant de nouveau, il souleva le magnifique marteau de guerre et l'examina sous toutes les coutures. Il éprouva son équilibre parfait. Il eut le souffle coupé en voyant la poussière de diamant briller dans les sillons des symboles divins. Transporté par la perfection de son œuvre, Bruenor éprouva le vide auquel son père avait fait allusion. Jamais il ne retrouverait pareille plénitude. Aurait-il encore envie de manier son marteau ?

En proie à des émotions conflictuelles, le nain rangea ses précieux instruments dans leur coffret doré, ainsi que le parchemin redevenu vierge. La faim et la fatigue s'abattirent d'un coup sur lui. Emportant le maximum d'affaires, Bruenor partit.

Un merveilleux fumet de lapin rôti lui chatouilla les narines. Il tomba sur le bivouac de Drizzt.

— Te voilà de retour ! grommela le nain.

— A ta requête, mon bon ami.

— J'avais besoin de toi, concéda Bruenor machinalement.

Le forgeron oublia tout quand il huma vraiment l'irrésistible fumet. Drizzt eut un sourire en coin ;

s'étant restauré au préalable, il avait préparé le lapin pour son ami.

— Tu te joins à moi ?

Bruenor s'était déjà emparé d'une patte. Pris d'un doute, il se tourna soudain vers l'elfe :

— Depuis combien de temps bivouaques-tu ?

— Depuis ce matin...

Rassuré, le nain mordit à belles dents dans la chair rôtie. Le Drow en profita pour saisir le marteau de guerre.

— C'est trop lourd pour toi, remarqua-t-il, et pour moi. Pour qui est-il ?

Les bras croisés, l'air belliqueux, Bruenor tapa du pied.

— Tu as le chic pour fourrer ton nez dans les affaires des autres, grommela-t-il.

Drizzt éclata de rire.

— C'est pour Wulfgar, n'est-ce pas ? ( L'elfe n'ignorait pas la secrète affection qu'il vouait au jeune barbare. ) Quelle arme magnifique... L'as-tu forgée ?

Malgré ses boutades, Drizzt admirait sincèrement le talent du nain. En dépit du poids du marteau, il sentait son parfait équilibre.

— C'est un vieux marteau, bougonna le nain. Le gosse a perdu son gourdin. Tu ne voudrais tout de même pas que je le lâche dans la nature sans rien pour se défendre ?

— Le nom de ce vieux bout de métal ?

— Aegis-fang, répondit Bruenor sans réfléchir.

Quand il avait lancé un sortilège sur le marteau de guerre, il l'avait baptisé sans s'en rendre compte.

— Je comprends, fit Drizzt, lui rendant l'arme. C'est un vieux machin juste assez bon pour le gamin. Du mithril, de l'adamantite et du diamant devraient faire l'affaire.

— Ferme-la un peu ! s'exaspéra le nain, rouge d'embarras.

Drizzt s'inclina et changea de sujet :

— Pourquoi voulais-tu me voir ?

Son compagnon se racla la gorge :

— C'est au sujet du gosse... ( Devant la gêne qui lui nouait la gorge, Drizzt ravala les taquineries qu'il avait sur le bout de la langue. ) Il sera libre cet hiver. Or, il n'a pas été entraîné à proprement parler. Doté d'une force supérieure à la norme, il évolue avec la grâce d'un daim, alors qu'il n'y connaît rien en matière de combat.

— Tu voudrais que je lui apprenne à se battre ! s'exclama l'elfe noir.

— Je ne peux pas le faire ! Avec ses deux mètres de haut, il aurait du mal à parer les coups bas d'un nain !

Curiosité piquée au vif, le Drow considéra son ami. Comme tous les proches de Bruenor, il connaissait les liens l'unissant au jeune homme. Il ne s'était pas douté de leur profondeur.

— Je ne me suis pas occupé de lui ces cinq dernières années pour laisser un yéti puant en faire son repas ! lança Bruenor, irrité de son hésitation. Acceptes-tu ?

Que Drizzt perce son masque bougon le rendait nerveux.

Le Drow lui adressa un franc sourire. Cinq ans plus tôt, Bruenor l'avait arraché des griffes d'un yéti. Ce ne serait pas la dernière fois qu'il l'obligerait ainsi.

— Les dieux savent à quel point je te dois cela et plus encore, mon ami. Sois rassuré : je m'occuperai de ton protégé.

Grognant dans sa barbe, Bruenor s'empara du morceau de lapin suivant.

*
* *

Les coups de masse de Wulfgar se répercutaient le long des parois. Courroucé par les confidences que lui avait arrachées Catti-Brie, il s'était remis au travail avec ferveur.

— Cesse ce raffut, gamin, dit une voix rauque derrière lui.

Wulfgar pivota. Il n'avait pas entendu Bruenor entrer. Soulagé, il sourit un bref instant. Il reprit vite son masque austère, gêné par cette marque de faiblesse.

Bruenor considéra le grand gaillard ; un début de barbe blonde apparaissait.

— En réalité, admit-il, je ne devrais plus t'appeler « gamin »...

— Tu peux m'appeler comme tu veux : je suis ton esclave.

— Tu es aussi sauvage et rebelle que la toundra, sourit-il. Tu ne seras jamais l'esclave de personne, homme ou nain !

Désarçonné par le compliment inattendu, Wulfgar ne trouva rien à répondre.

— Je ne t'ai jamais considéré ainsi, poursuivit Bruenor. Je t'ai pris à mon service pour que tu expies les crimes de ton peuple. En contrepartie, je t'ai appris beaucoup de choses. Pose ton marteau. ( Il examina la belle ouvrage du forgeron. ) Joli travail, mon garçon. Toutefois, tu n'es pas fait pour rester toute ta vie sous terre. Il est temps que tu retrouves la caresse du soleil.

— Je suis libre ? chuchota le jeune barbare.

— Ote-toi cette idée de la tête ! s'écria Bruenor. ( Pointant un doigt boudiné vers lui, il menaça : ) Tu m'appartiens jusqu'aux derniers jours de l'automne. Vu ?

Wulfgar se mordit les lèvres pour ne pas éclater de rire. Comme toujours, l'étrange mélange de compassion et d'emportement typique de Bruenor le déroutait. Cependant, il s'y était accoutumé. Quatre années passées sous l'égide du nain lui avaient appris à s'attendre à ses éclats - et à les négliger.

— Finis ce que tu as à faire. Demain matin, tu verras ton maître. Tu devras lui obéir comme à moi.

L'idée d'être aux ordres d'un autre fit grimacer Wulfgar. Mais il avait juré obéissance à Bruenor, sans restriction aucune. Jamais il ne se parjurerait. Il acquiesça.

— Je ne te verrai plus beaucoup. Alors fais serment maintenant de ne plus prendre les armes contre les habitants de Dix-Cités.

— C'est impossible, répondit Wulfgar, présomptueux. Cet hiver, je partirai en homme libre, sans avoir dérogé à l'honneur.

— Très bien, se résigna le nain.

Au fond de son cœur, il tirait fierté de l'entêtement de Wulfgar. Admirant le beau guerrier, il s'enorgueillit d'avoir contribué à son développement.

Se rappelant une dernière chose, le nain se racla la gorge, mal à l'aise. Comment s'en sortir sans sombrer dans le ridicule ou paraître trop sentimental ?

— L'hiver sera vite là... Je ne peux pas te lâcher dans la nature sans arme... ( Il tendit vivement le marteau de guerre. ) Voici Aegis-fang. Pour apaiser ma conscience, promets-moi de ne jamais lever cette arme contre Dix-Cités.

Sitôt que ses mains se refermèrent sur la poignée en adamantite, Wulfgar prit conscience de la valeur magique de l'objet. Les runes scintillantes comme le diamant s'embrasèrent sous l'éclat de la forge, voltigeant en une myriade d'éclats. Les guerriers de sa tribu étaient fiers de leur armement ; on jaugeait un homme à la qualité de son épée ou de sa lance. Mais Wulfgar n'avait jamais vu arme si belle, au fini si délicat et à la puissance presque tangible. Aegis-fang se prêtait si bien à sa force et à sa dextérité qu'on l'eût cru forgé pour lui. Wulfgar adresserait de nombreuses homélies aux dieux de la Guerre pour lui avoir offert arme si magnifique.

Dépassé par l'incroyable présent, il bafouilla :

— Tu as ma parole.

Quand il trouva la force de s'arracher à la contemplation du marteau ensorcelé, Bruenor avait disparu.

Se morigénant de sa propre faiblesse, il regagna ses quartiers, au fond des tunnels. S'assurant qu'il n'y avait personne alentour, il essuya subrepticement ses larmes.

# CHAPITRE XIII

## COMME LE PROPRIÉTAIRE VOUDRA

— Rassemble les tiens et va, Biggrin, ordonna le sorcier à l'énorme géant des glaces. Souviens-toi que tu représentes l'armée d'Akar Kessell. Vous serez les premiers à envahir la région ; le secret est la clef de notre victoire ! Ne me décevez pas ! Je surveillerai vos faits et gestes.

— Nous ne faillirons pas, maître. Une fois le piège tendu, nous vous attendrons.

— J'ai foi en vous. Maintenant va.

Le géant s'inclina une dernière fois et sortit.

— Tu n'aurais pas dû les envoyer, siffla Errtu, resté invisible près du trône durant l'entretien. Les verbeegs et les géants ne passeront pas inaperçus au milieu des humains et des nains !

— Biggrin est un chef avisé, rétorqua Kessell, piqué au vif par l'impertinence du démon. Il gardera les troupes à couvert !

— Pourtant des hommes auraient mieux convenu en l'occurrence, comme Crenshinibon te l'a montré.

— Je suis le chef ! hurla Kessell. ( Il s'empara de

l'Éclat dans un repli de sa toge et le brandit sous le nez d'Errtu : ) Crenshinibon propose, *je* dispose ! Ne présume pas de ton importance, démon. Je détiens l'Eclat de Cristal. Je ne tolérerai pas qu'on discute chacun de mes ordres.

Les yeux injectés de sang, Errtu plissa le front. Soudain conscient de la folie qu'il y avait à menacer un tel allié, Kessell se dressa sur son trône. Réalisant pour sa part l'avantage qu'il s'assurerait en rongeant son frein, Errtu se calma. Son heure viendrait.

— L'existence de Crenshinibon remonte à la nuit des temps, siffla le démon d'une voix râpeuse. Il a orchestré un millier de campagnes autrement plus grandioses que celle que tu entreprends. Peut-être serais-tu avisé d'accorder plus de poids à ses recommandations.

Kessell ne put bloquer ses tics nerveux. L'Eclat lui avait effectivement conseillé de choisir des humains comme première force de frappe, mais il avait argué d'une dizaine de prétextes pour envoyer des géants à leur place. En vérité, il s'était surtout entêté dans cette voie pour prouver à tous qu'il était le chef.

— Je suivrai ses conseils quand je le jugerai bon, reprit le sorcier. ( Il tendit à Errtu l'exacte réplique de Crenshinibon, ainsi que le cristal qui avait servi à ériger la tour : ) Remets-les en place, et officie comme tu dois. Quand tout sera prêt, je te rejoindrai.

— Tu souhaites construire un second Cryshal-Tirith ? se récria Errtu. La dépense d'énergie sera énorme !

— Silence ! tonna Kessell, tremblant. Va et obéis ! L'Eclat est *mon* problème.

Errtu encaissa la réplique et s'inclina. Sans rien ajouter, il s'éclipsa. Aux dépens du contrôle de soi et de la stratégie, Kessell voulait prouver sa mainmise sur Crenshinibon. Alors qu'il n'avait ni la capacité ni l'expérience nécessaires pour mener à bien pareille campagne, l'Eclat le soutenait.

Errtu lui avait proposé en secret de se débarrasser de l'encombrant humain et de prendre sa place. Crenshinibon avait refusé. Il préférait les lacunes du sorcier à l'inextinguible soif de puissance du démon.

*
* *

Même parmi les géants et les trolls, le port altier du roi barbare ne pâlissait pas. Poussant avec défi la porte bardée de fer de la tour, il bouscula les gardes trolls en grognant. Il détestait l'endroit. Quand le singulier édifice s'était dressé à l'horizon comme un doigt, il avait longuement résisté à l'appel infernal. A la fin, vaincu, il s'était senti irrésistiblement attiré par le maître de Cryshal-Tirith.

Heafstaag haïssait le sorcier. Au lieu d'utiliser ses muscles, Akar Kessell, ce minable avorton, recourait à la sorcellerie. Réduit à l'impuissance, Heafstaag l'abhorrait plus encore.

Poussant avec rage le rideau en cordes perlées qui délimitait les appartements privés de Kessell, Heafstaag le trouva mollement allongé sur des coussins de soie, à même le sol. L'esprit brisé par le Cristal maléfique, des esclaves nues attendaient son bon plaisir.

Voir des femmes asservies par semblable caricature d'homme enragea le roi barbare. Une fois de plus, il caressa l'idée de risquer le tout pour le tout pour lui planter sa hache dans le crâne. Mais des écrans, des rideaux et des piliers occupaient l'espace de façon stratégique, offrant mille et un coins où s'embusquer ; de plus, le démon n'était jamais loin.

— Quel bonheur que tu aies pu te joindre à nous, noble Heafstaag, l'accueillit Kessell.

Errtu et Crenshinibon près de lui, il ne risquait rien. Machinalement, il caressa une esclave.

— Tu aurais dû venir plus tôt. Le gros de mes

troupes est rassemblé. Les premiers éclaireurs sont déjà partis. ( Avec une joie mauvaise, il ajouta : ) Si je ne trouve pas place pour ton peuple dans mes plans, vous ne me serez *d'aucune* utilité.

Heafstaag ne trahit pas le moindre émoi.

— Allons, puissant roi, viens partager les fastes de ma table...

Fier, le barbare ne bougea pas.

Kessell ferma le poing.

— A qui dois-tu obéissance ?

Malgré lui, le souverain répondit :

— A Akar Kessell.

— Qui commande les tribus de la toundra ?

— Elles m'obéissent, et j'obéis à Akar Kessell. Kessell gouverne les tribus.

Le sorcier desserra son emprise.

— Assieds-toi, et raconte-moi de nouveau votre défaite.

Le maître de Cryshal-Tirith lui tendit un parchemin. C'était une carte de Dix-Cités.

# CHAPITRE XIV

## DES YEUX LAVANDE

Le jour suivant, Bruenor avait repris son air renfrogné favori. Voir le précieux marteau de guerre porté en bandoulière par son jeune protégé le toucha plus profondément qu'il aurait cru. On eût dit qu'Aegisfang avait toujours appartenu à Wulfgar et qu'il ne le quitterait jamais.

Le barbare arborait aussi une expression morose. Bruenor l'attribua au ressentiment d'être mis au service d'un autre. Eût-il examiné ses émotions de plus près, il aurait compris que le jeune homme était sincèrement peiné de cette séparation.

Près de la galerie conduisant à l'air libre, Catti-Brie les guettait.

— Quelles longues figures de bon matin ! les héla-t-elle en les apercevant. Heureusement, le soleil illuminera vos mines.

— Tu sembles réjouie, remarqua Wulfgar, amusé malgré lui. Tu n'ignores pas que je quitte notre refuge ce matin ?

Catti-Brie agita une main nonchalante.

101

— Tu reviendras vite. Sois heureux de l'occasion d'aller respirer de l'air frais ! Si tu veux atteindre les buts que tu t'es fixés, tu auras grand besoin de ce qu'on va t'enseigner.

Etonné, Bruenor se tourna vers le barbare. Wulfgar n'avait jamais fait allusion à ce qu'il comptait accomplir à sa libération.

Furieux qu'elle ait mentionné ce qu'il considérait comme une affaire personnelle, Wulfgar la foudroya du regard. Consciente du feu qui brûlait en lui, Catti-Brie aimait le piquer au vif. Elle surprenait des éclats de son ardeur naturelle chaque fois qu'il regardait Bruenor - ou *elle*...

— Je suis Wulfgar, fils de Beornegar, déclara-t-il avec fierté, bombant le torse. J'ai grandi dans la tribu de l'Elan, la meilleure du Val Bise. J'ignore qui est ce nouveau tuteur, mais il aura du mal à m'enseigner ce que je sais déjà !

Catti-Brie échangea un sourire entendu avec son père adoptif.

— Au revoir, Wulfgar, fils de Beornegar, répéta-t-elle, le regardant s'éloigner. A ton retour, je verrai si tu as au moins appris l'humilité !

Wulfgar lui lança un regard mauvais par-dessus son épaule ; elle ne se départit pas de son large sourire.

Peu après l'aube, les deux amis sortirent à l'air libre et gagnèrent le lieu du rendez-vous. C'était une belle journée estivale, sans nuage. Wulfgar s'étira longuement. Ceux de sa race étaient faits pour vivre au grand jour, en pleine liberté. Il fut soulagé d'avoir quitté temporairement les souterrains.

Drizzt Do'Urden les attendait. Le Drow avait rabattu sa capuche pour mieux se protéger de l'éclat du soleil. Malgré les années passées à la surface, il avait le sentiment que jamais son corps ne s'adapterait à la lumière du jour. C'était la malédiction de son héritage.

Il n'esquissa pas le moindre geste à leur approche, mais il guetta la réaction du barbare.

Intrigué par la mystérieuse silhouette de son nouveau maître, Wulfgar se campa devant le Drow. Impressionné par le jeu de muscles du jeune homme, Drizzt l'observa. Il avait d'abord pensé satisfaire l'extravagante requête de Bruenor, avant de repartir de son côté. Mais à la vue du jeune athlète, d'une souplesse étonnante pour son gabarit, l'elfe jugea intéressant de développer un potentiel si prometteur.

Le moment le plus douloureux, comme toujours, serait celui de la rencontre. Impatient d'en finir au plus vite avec l'hostilité initiale, il rabattit son capuchon.

Horrifié, Wulfgar écarquilla les yeux.

— Un elfe noir ! Chien de sorcier ! ( Comme trahi, il pivota rageusement vers Bruenor : ) Il est impensable que tu exiges cela de moi ! Je n'ai ni le besoin ni le désir d'apprendre les entourloupes de cette race dégénérée !

— Il t'apprendra à te battre, répondit Bruenor. Rien de plus.

Nullement touché par l'éclat, le nain s'attendait à pareille réaction. Drizzt lui enseignerait l'humilité. Le jeune morveux en avait bien besoin.

— Qu'est-ce qu'un minable elfe pourrait m'apprendre ? s'insurgea Wulfgar. Nous sommes d'authentiques guerriers ! ( Il toisa Drizzt avec un profond mépris. ) On n'a rien à voir avec des fouinards comme eux !

Impavide, l'apostrophé échangea un regard entendu avec son ami. La leçon pouvait commencer. Réjoui, Bruenor lui adressa un signe de tête discret.

En un clin d'œil, les deux cimeterres se matérialisèrent dans les mains de l'elfe noir. D'instinct, Wulfgar leva son marteau de guerre.

Drizzt le battit de vitesse. Du plat de l'épée, il

claqua les joues de son adversaire. Puis, une des lames décrivit un arc jusqu'à l'arrière du genou de Wulfgar. Comme prévu, si le barbare parvint à esquiver, la parade le déséquilibra. Remettant ses cimeterres au fourreau, Drizzt flanqua un coup de pied au jeune homme, qui mordit la poussière.

Dissimulant son amusement pour épargner le fragile ego de son protégé, Bruenor déclara :

— Maintenant que vous vous comprenez mieux, je vous laisse.

— Accorde-moi quelques semaines, répondit Drizzt avec un clin d'œil.

Dépassé, Wulfgar se redressa sur un genou, Aegisfang en main.

— Ecoute-bien ce qu'il dit, mon garçon, recommanda Bruenor avant de s'éloigner. Ou il te hachera menu !

\*
\* \*

Pour la première fois depuis presque cinq ans, Wulfgar contempla la toundra derrière Dix-Cités. Le Drow et lui avaient passé le reste de la journée à contourner l'éperon est du Cairn de Kelvin. Drizzt avait élu domicile dans une grotte, au nord.

Austère, le lieu comprenait quelques peaux et ustensiles de cuisine. Purement fonctionnel, il suffisait au ranger drow qui préférait le calme et la solitude aux piques des humains et à leurs menaces. Aux yeux de Wulfgar, enfant de nomades, la grotte avait des allures de palace.

Au crépuscule, installé confortablement à l'ombre, Drizzt émergea de sa sieste. Wulfgar fut ravi que l'elfe lui fasse assez confiance pour dormir en sa compagnie. Il commençait à réviser sa mauvaise opinion.

— Commençons-nous ce soir ? proposa Drizzt.

— Tu es le maître, rétorqua Wulfgar, amer. Je ne suis qu'un esclave.

— Nous sommes tous deux les obligés du nain. Bruenor m'a sauvé la vie à plusieurs reprises ; en contrepartie, j'ai accepté à sa demande de t'enseigner l'art du combat. Tu honores le serment que tu lui as fait pour qu'il t'épargne. Tu es donc dans l'obligation de suivre mon enseignement. Je ne suis le maître de personne, et je ne désire pas l'être.

Même s'il ne lui faisait pas encore une entière confiance, Wulfgar n'imaginait aucun motif pervers qui pût justifier cette attitude amicale.

— Tous deux, nous remplissons notre devoir envers Bruenor... ( Il comprit l'émotion du jeune homme ; pour la première fois depuis des années, il était dehors. ) Savoure la douceur de la nuit, barbare. Fais ce qu'il te plaira ; retrouve la caresse du vent sur tes joues. Nous commencerons demain soir.

Il s'éloigna.

Wulfgar ne put s'empêcher d'apprécier le respect que lui témoignait l'elfe.

\*
\* \*

Le jour, Drizzt restait dans l'ombre fraîche de la grotte tandis que Wulfgar s'acclimatait à son nouvel environnement. Il rapportait de quoi dîner.

La nuit, ils se battaient.

Impitoyable, l'elfe ne lui laissait aucun répit, touchant du plat de la lame chaque fois que son jeune élève laissait une faille dans sa défense. Les escarmouches menaçaient souvent de tourner à l'orage : le fier barbare perdait vite la mesure, enragé et frustré par l'évidente supériorité de son adversaire. Sa colère le désavantageait encore, le privant de tout semblant de discipline. Par une série de moulinets et de pointes, Drizzt était prompt à lui démontrer sa faiblesse ; immanquablement, Wulfgar mordait la poussière.

Toutefois, l'elfe ne le taquinait ni ne l'humiliait jamais. Méthodique, son objectif immédiat était d'affiner les réflexes du barbare et de lui inculquer la notion de défense.

Tel quel, l'extraordinaire potentiel de Wulfgar l'impressionnait. Au début, il craignait que son entêtement le rende intraitable. Mais le barbare était décidé à relever le défi. Conscient des bénéfices à retirer de la tutelle de pareil maître d'armes, Wulfgar était tout ouïe. Loin de se persuader qu'un combattant de sa trempe n'avait que faire d'instructions supplémentaires, la fierté de Wulfgar le poussait à s'approprier toute connaissance guerrière susceptible de l'aider à atteindre ses ambitieux objectifs.

A la fin de la première semaine, capable par intermittence de maîtriser ses emportements, Wulfgar parvint à parer quelques estocs particulièrement vicieux.

Peu loquace, Drizzt le complimentait pourtant sur ses progrès fulgurants. Désormais, chaque fois qu'il réussissait une manœuvre ardue, Wulfgar se surprenait à guetter l'approbation de l'elfe.

Son respect pour le Drow grandit de jour en jour. Sa solitude stoïque, sa façon d'endurer une dure existence sans la moindre plainte, touchait son sens de l'honneur. Il n'aurait pu imaginer pourquoi Drizzt avait choisi pareille vie, sinon que des principes inaltérables étaient en jeu.

La deuxième semaine, Wulfgar maniait Aegis-fang d'une main de maître, utilisant le marteau avec dextérité contre les coups des deux cimeterres. Il réagissait par de prudentes attaques.

Drizzt évalua les subtils changements d'attitude de

son barbare d'élève. Désormais conscient de ses faiblesses, Wulfgar apprenait à anticiper les offensives.

Quand Drizzt s'estima satisfait de ses progrès en matière de défense, il passa à l'attaque. Son propre style ne convenait pas à un guerrier de la stature de Wulfgar. Le barbare aurait intérêt à user de sa force musculaire sans égale plutôt que feinter et tenter de surprendre sans cesse l'adversaire. Le peuple de Wulfgar était d'un naturel agressif. Frapper entrait davantage dans ses mœurs qu'esquiver. D'un simple coup bien placé, Wulfgar eût pu étendre un géant pour le compte.

Il lui restait à apprendre la patience.

\*
\*\*

Par une nuit sans lune, se préparant à la leçon suivante, Wulfgar remarqua un lointain feu de camp dans la plaine. Fasciné, il en vit d'autres s'allumer. Etaient-ce ceux de sa tribu ?

Drizzt le rejoignit à son insu. Sa vue acérée avait repéré les bivouacs bien avant le barbare.

— Ton peuple a survécu, dit-il pour le réconforter.

Wulfgar sursauta.

— Tu en as entendu parler ?

— Il a subi de lourdes pertes à la bataille de Bryn Shander. Sans hommes pour chasser et les nourrir, les femmes et les enfants souffrirent cruellement du rude hiver suivant. Ils fuirent vers l'est à la suite des troupeaux, et s'unirent à d'autres tribus pour survivre. Ils n'ont pas renoncé à leurs origines. Mais en vérité, seuls subsistent deux clans : l'Elan et l'Ours. Tu appartenais à l'Elan, n'est-ce pas ? ( Wulfgar hocha la tête. ) A présent, ta tribu domine la plaine. Même s'il faudra des années avant qu'elle retrouve sa gloire, la jeune génération a atteint sa maturité.

Wulfgar fut soulagé. Il avait craint que Bryn Shander ait sonné le glas de sa tribu. Certains clans avaient perdu jusqu'à leur dernier homme. Il avait souvent imaginé sa tribu massacrée, les rares survivants se mourant lentement des rigueurs hivernales.

— Tu en sais long sur mon peuple...

— Des jours durant, j'ai observé ses ruses ingénieuses pour subsister dans un environnement aussi hostile.

La sincère révérence de son maître d'armes pour les habitants du Val Bise le frappa. Il connaissait Drizzt Do'Urden depuis deux semaines à peine, mais il devinait déjà la vérité.

— Je parie que tu as discrètement abattu des daims la nuit. Les affamés qui les découvraient au matin étaient trop heureux de ces aubaines tombées du ciel pour se poser des questions...

Drizzt n'accusa aucune réaction. Il n'en avait pas besoin.

— Connais-tu Heafstaag ? reprit le barbare. C'était le roi de ma tribu, un géant couturé de cicatrices et de grand renom.

Drizzt se souvenait parfaitement du souverain borgne. La simple mention de son nom raviva sa douleur à l'épaule...

— Il vit..., répondit-il en cachant son mépris. Il parle à présent au nom du Nord tout entier. Aucun adversaire de noble ascendance ne lui barre plus la route.

Wulfgar ne prit pas garde au sous-entendu venimeux de l'elfe noir.

— C'est un roi puissant.

— C'est un ennemi sans foi ni loi, rectifia Drizzt.

L'éclat de colère brillant dans le regard lavande prit le jeune homme par surprise. Un instant, Wulfgar eut un aperçu de l'incroyable force de caractère de son compagnon, et de l'inaltérable intégrité qui ferait l'envie de maints souverains.

— Tu as atteint l'âge adulte sous la férule d'un nain à la trempe indéniable, le réprimanda Drizzt. N'as-tu rien appris ?

Pétrifié, il ne sut que répondre.

L'elfe décida qu'il était temps de tester les principes de son élève et de juger de sa valeur.

— Un roi est un homme doté d'une forte personnalité et de convictions appuyées ; il gouverne par l'exemple qu'il donne, les souffrances de son peuple le touchent profondément. Nous ne parlons pas d'une brute qui règne en vertu de la loi du plus fort. J'aurais cru que tu avais appris à faire la distinction.

L'embarras du jeune guerrier lui confirma que ses certitudes avaient été profondément ébranlées durant ses années de « servitude ». Il espéra que la foi de Bruenor en son protégé se verrait justifiée par la suite des événements. A l'instar du nain, des années plus tôt, Drizzt aussi avait pris conscience de la valeur de Wulfgar. Il s'était également attaché au barbare.

Il se détourna et s'éloigna, le laissant à ses réflexions.

— Et notre leçon ? cria Wulfgar, dérouté.

— Cela suffira pour cette nuit. C'est peut-être la chose la plus importante que je t'aurai jamais apprise.

Il se fondit dans la nuit.

L'éclat lavande resta gravée dans la mémoire de Wulfgar.

Le barbare se tourna vers les feux de camp.

Il réfléchit.

# CHAPITRE XV

## SUR LES AILES DU DÉSASTRE

Ils arrivèrent de l'est. Ironie du sort, ils suivirent le chemin emprunté par Drizzt et Wulfgar deux semaines plus tôt. Le groupe de verbeegs se dirigeait vers les camps du sud plutôt qu'au nord, vers la toundra. Même minces et élancés - les plus petits des géants -, ils représentaient une force de frappe formidable.

Un géant des glaces menait le détachement. Profitant des bourrasques assourdissantes, il progressait sans être repéré vers un antre secret. Découvert par des orcs, il se situait dans une saillie sud de la montagne. Une vingtaine de monstres transportaient armes et équipements.

Biggrin, l'immense géant rusé à la lèvre inférieure déchiquetée par un loup, était craint et respecté de ses congénères, peu disciplinés par ailleurs. Akar Kessell en personne lui avait confié la responsabilité des groupes d'éclaireurs. Impressionné par la force des géants, il tenait Biggrin en haute estime.

Avant minuit, le détachement fut installé dans son repaire. Puis il patienta, prêt à porter le premier coup fatal contre Dix-Cités.

Un orc venait tous les deux ou trois jours vérifier que les géants se tenaient prêts et ne relâchaient pas leur vigilance. Il transmettait les dernières directives du maître. Tout se déroulait comme prévu. Préoccupé, Biggrin remarqua l'instabilité croissante de son groupe, brûlant d'entrer en action.

Les instructions ne variaient pas : attendre.

Dans l'atmosphère tendue et étouffante de la grotte, la camaraderie se désintégra. Les verbeegs étaient des créatures d'action, non de contemplation. L'inactivité les rendait fous de frustration. Les disputes devinrent la norme, dégénérant en affrontements sauvages. Biggrin intervenait avant que le sang coule. Mais il ne tiendrait pas son groupe indéfiniment.

Le cinquième orc arriva lors d'une nuit particulièrement chaude. L'infortuné fut aussitôt cerné par les irascibles verbeegs.

— Quelle nouvelle ? s'exclama-t-on impatiemment.

Fort de la protection d'Akar Kessell, croyait-il, l'orc défia ouvertement les verbeegs.

— Va chercher ton maître ! dit-il à l'un.

Une main géante le saisit par la peau du cou et le secoua comme un prunier.

— On t'a posé une question, vermine ! Quelle nouvelle apportes-tu ?

Visiblement éprouvé, le messager rétorqua :

— Le sorcier t'écorchera vif, monstre !

— J'en ai assez entendu, grogna le verbeeg.

D'une main gigantesque, il souleva le malheureux du sol.

— Tords-lui le cou !

— Arrache-lui les yeux !

Jouant des coudes, Biggrin se fraya un passage dans l'attroupement. Ce qu'il découvrit ne le surprit guère. En fait, il en fut plutôt amusé. Mais la perspective d'irriter le féroce Akar Kessell n'avait rien de réjouissant. Plus d'un gobelin velléitaire était mort sous la torture pour lui avoir déplu, ou pour son amusement.

— Lâche ce misérable, ordonna Biggrin.

Un concert de grognements accueillit son intervention.

— Ecrase-lui le crâne !

— Mords-lui le nez !

L'orc avait verdi par manque d'oxygène ; il ne se débattait presque plus. Le verbeeg défia son chef quelques instants avant d'obtempérer de mauvaise grâce. Le pitoyable messager s'écrasa à quelques mètres de son tortionnaire.

— Garde-le ! gronda-t-il. Mais s'il me provoque de nouveau, je lui dévore la langue !

— J'en ai ma claque de ce trou à rats ! pesta un autre verbeeg.

Le ton monta.

Biggrin mesura la frustration de son groupe. Un accès de violence menaçait.

— Demain soir, nous effectuerons une sortie par groupes de trois pour explorer les alentours, proposa-t-il. Personne ne doit le savoir !

C'était dangereux, mais préférable à un désastre certain.

Partiellement remis de ses émotions, l'orc voulut protester. Le chef lui imposa silence :

— La ferme, chien ! Ou mes amis ne feront qu'une bouchée de ta sale carcasse...

Les géants hurlèrent de joie, se flanquant de formidables claques sur les épaules. Biggrin leur promettait de l'action. Pour autant, leur enthousiasme ne dissipait pas ses doutes, loin de là. Les verbeegs se crièrent des recettes de leur cru : « émincé de nains aux pommes », « gibelotte barbue de nains », pour n'en nommer que deux...

Biggrin ne voulait pas savoir ce qui se passerait s'ils tombaient sur des êtres vivants...

\*
\*  \*

112

Biggrin tint parole. Il doutait que des nains s'aventurent si loin au nord, mais le risque existait. A chaque retour de patrouille sans incident, il soupirait.

Faire un tour à l'air libre suffit à calmer les esprits. Le moral s'en ressentit. Les soldats retrouvèrent leur allant ; les tensions disparurent. Du haut du Cairn de Kelvin, ils apercevaient souvent les lumières de Caer-Konig et de Caer-Dineval, ainsi que de Termalaine à l'ouest et même de Bryn Shander, loin au sud. La vision des cités leur permettait de cristalliser leurs rêves de conquête, les aidant à ronger leur frein.

Une autre semaine s'écoula. Tout semblait bien se dérouler. Au vu de l'amélioration du moral, Biggrin estima avoir pris des risques justifiés.

Jusqu'au jour où deux nains, forts des renseignements de Bruenor à propos d'une belle qualité de pierre à l'ombre du Cairn de Kelvin, se rendirent au nord de la vallée pour enquête. Le soir venu, ils établirent leur camp près d'une rivière. C'était leur territoire, tranquille depuis des lustres. Ils prirent peu de précautions.

De sortie cette nuit-là, les verbeegs entendirent les chants des nains abhorrés.

\*
\*\*

De l'autre côté de la montagne, Drizzt Do'Urden sortit de sa torpeur diurne. Il retrouva Wulfgar à sa place habituelle, méditant sur une haute pierre, le regard tourné vers la plaine.

— Tu te languis de ta tribu ? fut la question rhétorique de l'elfe.

Haussant ses épaules massives, Wulfgar répondit d'un air absent :

— Sans doute.

Depuis quelque temps, il se posait un certain nombre de questions sur son peuple. Le Drow était une énigme à ses yeux, un mélange déroutant de génie guerrier et d'absolue maîtrise de soi. Drizzt semblait capable de mesurer chacun de ses actes à l'aune d'un idéal sans faille.

— Pourquoi es-tu là ? demanda Wulfgar à brûle-pourpoint.

Ce fut au tour de Drizzt de tourner un regard pensif vers les vastes étendues. Les premières étoiles brillaient au firmament ; leur reflet scintillait dans ses yeux. L'elfe ne s'en apercevait pas. Tourné tout entier vers le passé, il revoyait les obscures cités des Drows perdues dans les méandres souterrains, loin de la surface de la terre.

Ces terribles souvenirs semblaient n'offrir aucune prise au temps. Ils restaient vivaces.

— Je me souviens de la première fois où je suis monté à la surface. Beaucoup plus jeune, je faisais partie d'un raid. Nous fondîmes sur un hameau d'elfes blancs. Mes compagnons les ont tous massacrés, femmes, enfants...

Pétrifié, Wulfgar songea que sa propre tribu perpétrait également de telles horreurs.

— Mon peuple est sanguinaire, poursuivit Drizzt. Il ignore la pitié. Il tue sans passion.

Il se tut.

La succincte description de ces assassins sans états d'âme dérouta Wulfgar. Il avait grandi au milieu de guerriers passionnés, dont l'unique objectif était d'atteindre la gloire et la renommée, en l'honneur de Tempus. La cruauté sans passion était au-delà de la compréhension du jeune homme. Même s'il s'agissait, en tout état de cause, d'une mince nuance. Drows ou barbares, tout s'achevait dans un bain de sang. Le résultat était le même.

— La déesse infernale qu'ils adorent n'a pas de

place pour d'autres races, continua Drizzt. Surtout quand il s'agit d'elfes.

— Mais ce monde-ci ne t'acceptera jamais. Les humains se défieront toujours de toi.

— La plupart, en effet. Ceux que je considère comme mes amis sont rares. Mais vois-tu, je m'en contente. Viens, je suis satisfait de tes progrès. Nous passerons bientôt à la suite.

Wulfgar resta pensif. Le Drow menait une existence dure et austère. Il était pourtant plus *riche* qu'aucun être de sa connaissance. Drizzt s'était cramponné de toutes ses forces à ses principes, abandonnant son monde familier pour un autre, inconnu, qui ne l'accepterait ni ne l'apprécierait jamais.

Il vit disparaître son maître d'armes dans la nuit.

— Peut-être ne sommes-nous pas si différents, tout compte fait..., grommela-t-il dans sa barbe.

*
* *

— Des espions ! murmura un verbeeg.

— Des espions demeurés, en ce cas, railla un compère.

— Allons les réduire en bouillie !

— Pas question ! dit le troisième monstre. On doit surveiller, mais pas de grabuge. Le chef l'interdit.

Avec autant de discrétion que possible, le trio descendit lentement vers le feu de camp. Autrement dit, ils arrivèrent avec toute la grâce et la discrétion d'un troupeau d'éléphants.

Les nains alertés dégainèrent leurs armes par pure précaution. Sans doute Drizzt, Wulfgar ou des pêcheurs de Caer-Konig en goguette souhaitaient-ils se joindre à eux.

Les verbeegs les virent, armes au poing.

— Ils nous ont aperçus ! dit un géant.

— Oh, la ferme !

— S'ils nous ont vus, plus rien ne s'oppose à ce qu'on les aplatisse !

Stupéfaits, les nains virent surgir les monstres. Mais dos au mur, leur engeance vendait chèrement sa peau. Toute leur vie, ceux-ci avaient mené de rudes combats sur la toundra. Les verbeegs allaient trouver à qui parler.

Le premier nain esquiva sans peine un coup maladroit, puis il contra en écrasant les orteils du malabar à l'aide de son marteau. D'instinct, le géant leva son pied souffrant et sautilla. Le courageux vétéran ne perdit pas une si belle occasion de faire trébucher la montagne de muscles sans cervelle.

Aussi vif, l'autre nain propulsa son marteau avec une redoutable précision. L'arme percuta l'œil d'un deuxième ennemi, qui s'écroula contre les rocs.

Le dernier verbeeg, le plus malin du lot, s'était emparé d'une pierre avant de se lancer à l'assaut. Il lança son projectile avec la même adresse que le nain. Touché à la tempe, ce dernier mourut, le cou rompu.

Resté seul, l'autre nain dut l'affronter à son tour. Il parvint à prendre l'avantage sur le géant - jusqu'à ce que l'autre verbeeg revienne à lui.

Les deux monstres firent pleuvoir une avalanche de coups sur le petit guerrier, qui ne put tous les esquiver. Heurté à l'épaule, il tomba à la renverse. Un énorme pied le plaqua contre la roche.

— Ecrabouille-le ! On rapportera sa carcasse au cuistot !

— Il n'en est pas question !

Lentement, le monstre écrasa le nain sous son pied.

— C'est *nous* que Biggrin fera mijoter à petit feu s'il découvre ce que nous avons fait...

Au rappel des emportements de leur chef, une peur affreuse s'empara d'eux. Les deux verbeegs lancèrent un regard plein d'espoir au troisième, plus astucieux qu'eux.

— Jetons leurs sales carcasses dans un trou et n'en parlons plus !

*
* *

A des lieues à l'est, dans sa tour solitaire, Akar Kessell patientait. L'automne venu, la dernière des caravanes marchandes - et la plus riche -, s'en retournerait à Dix-Cités, chargée de trésors et de vivres en vue du rude hiver. Ses armées seraient prêtes à s'ébranler sur son ordre, et à écraser les misérables hameaux de pêcheurs. La simple pensée du butin qu'il s'approprierait fit frissonner de plaisir le thaumaturge.

Comment aurait-il pu deviner que le premier coup avait déjà été porté ?

# CHAPITRE XVI

## DES TOMBES À FLEUR DE TERRE

Réveillé un peu avant midi, Wulfgar se reposa, surpris de voir Drizzt déjà affairé à rassembler ses effets pour un long périple.

— Aujourd'hui, déclara l'elfe, nous commençons un nouveau type de leçon. Dès que tu auras mangé, nous partons.

— Pour où ?

— D'abord, nous nous rendrons dans les mines des nains. Bruenor voudra se rendre compte par lui-même de tes progrès. Il ne sera pas déçu !

Certain que ses prouesses avec Aegis-fang amadoueraient même le fieffé bougon, Wulfgar sourit.

— Et ensuite ?

— Nous irons à Termalaine, sur les rives de Maer Dualdon. J'y ai un de mes rares amis : Argowal. J'aimerais que tu rencontres des habitants de Dix-Cités, afin que tu te fasses une opinion.

— Pourquoi ? s'irrita Wulfgar.

Le Drow plongea son regard acéré dans le sien. Le jeune homme vit clairement ce qu'il avait en tête : que l'ennemi d'hier ait un nom, un visage, qu'il le voie vivre au quotidien. Qu'il apprenne à connaître les femmes et les enfants qui *auraient pu* tomber sous ses coups si la bataille de Bryn Shander avait pris une autre tournure.

Ignorant la peur sur le champ de bataille, Wulfgar s'affolait à l'idée de rencontrer ces gens. Il remettait déjà en question les vertus guerrières des siens ; les innocents qu'il rencontrerait, dans la ville que son peuple avait voulu saccager, risquaient de balayer ses dernières convictions.

Peu après, les deux compagnons se mirent en route, contournant de nouveau le Cairn de Kelvin par l'est. Un vent les fouettait. Malgré un soleil violent pénible pour lui, Drizzt marchait à vive allure, sans prendre de repos.

En fin d'après-midi, fatigués mais heureux, ils atteignirent un éperon rocheux.

— Dans les mines, j'avais oublié la rigueur des bises de la toundra ! s'exclama Wulfgar.

— Ceci nous abritera. Viens, allons remplir nos gourdes ; il y a un ruisseau près d'ici.

Il prit la tête en direction d'une rivière qui drainait la fonte des neiges.

L'eau chantait gaiement sur les rocs. Les oiseaux gazouillèrent à leur approche, s'envolant à tire-d'aile. Un lynx s'éclipsa. Tout paraissait normal. Pourtant, à la vue de la grande roche plate où campaient d'ordinaire les voyageurs, Drizzt sentit que quelque chose de terrible s'était passé. Les sens en alerte, il fouilla les lieux du regard, en quête d'une confirmation de ses soupçons.

Wulfgar s'affala ventre contre la pierre et but l'eau fraîche à pleines gorgées, se débarrassant de la sueur et de la poussière. Il releva la tête, revitalisé.

C'est alors qu'il remarqua des traînées sanguinolentes sur le roc... menant à des lambeaux de peau, accrochés à des buissons.

Pisteurs émérites, le ranger et le barbare n'eurent aucun mal à se convaincre qu'une lutte féroce s'était déroulée en ces lieux. Ils trouvèrent les empreintes de trois géants, et les tombes encore fraîches.

Drizzt identifia les restes des nains :

— Bundo, fils de Felhammer, et Dourgas, fils d'Argo Grimblade, il me semble.

— Nous devrions retourner au plus vite dans les mines.

— Bientôt, promit le Drow. Il faut d'abord comprendre ce qui s'est passé. Nous n'aurons peut-être pas d'autre occasion. Ces tueurs étaient-ils des ruffians de passage ou se terrent-ils dans les environs ? Y en a-t-il d'autres ?

— On devrait prévenir Bruenor.

— Il le sera. Si les trois agresseurs sont encore dans les parages, il est fort possible qu'ils reviennent prendre « un peu d'exercice » cette nuit. Es-tu prêt à te battre, barbare ?

D'un grognement déterminé, Wulfgar prit Aegis-fang en main.

— Nous verrons qui « s'amusera » le plus...

Tapis derrière une avancée rocheuse, ils patientèrent jusqu'à la fin du jour.

Ils n'eurent pas longtemps à attendre. Avides de sang, les verbeegs ressortirent de leur tanière. Ils regagnèrent le plateau qui s'étendait près de la rivière.

Drizzt retint son compagnon, qui brûlait d'en découdre. Avant de les tuer, le Drow tenait à découvrir les raisons de leur présence.

— Cornedouille, jura un verbeeg, pas le moindre nain en vue...

— Pas de chance, grommela un autre. Dire que c'est notre dernière nuit... L'autre groupe arrive demain. Ces sales orcs doubleront nos effectifs. Le chef ne nous laissera plus sortir tant que le calme ne sera pas revenu.

— Vingt de plus dans ce trou puant !

— Ne restons pas là.

— Si nous atteignons ce rocher, chuchota Wulfgar à son compagnon, nous les aurons par surprise !

L'éclat qu'il vit dans le regard lavande le rendit muet d'étonnement ; qu'arrivait-il à Drizzt ?

— Ils sont trois, répondit l'elfe avec un calme trompeur. Inutile de se cacher.

— Tu m'as appris à mettre toutes les chances de mon côté...

— Dans la bataille, oui. Il s'agit de vengeance. Que les géants aient le temps de connaître la terreur avant leur fin !

Les cimeterres apparurent comme par magie dans les mains effilées. Aussi assuré que la Mort en personne, il sortit à découvert.

A la vue d'un Drow, le trio apeuré forma une ligne défensive.

Drizzt savoura le spectacle.

— Qui es-tu ?

— Un ami des nains ! répondit-il avec un rire dur.

Alors que le verbeeg le plus massif chargeait, Wulfgar rejoignit son maître d'armes en deux bonds. Le Drow arrêta son élan. C'était *son* combat.

Il pointa un cimeterre vers le géant présomptueux :

— Tu es mort.

Instantanément, le monstre terrifié fut nimbé de flammèches pourpres.

Une irrésistible envie de lancer Aegis-fang s'empara de Wulfgar. Ce fut comme si l'arme enchantée imposait à l'humain sa volonté. Elle fendit l'air nocturne avec un sifflement aigu, jetant le verbeeg à l'eau.

Le barbare fut pétrifié par la violence et la précision du coup. Mais comment continuer le combat avec une dague pour toute arme ? Le détail n'échappa pas au monstre ; il fonça.

Comme par sorcellerie, Aegis-fang se rematérialisa dans la main du jeune homme. Wulfgar n'eut pas le temps de s'en émerveiller.

N'ayant plus rien à perdre, le grand verbeeg chargea. Drizzt se fendit et transperça l'abdomen exposé. Puis il frappa le cou et l'épaule de son adversaire.

— Tu as vu cela, mon garçon ? lança-t-il gaiement. Il se bat comme toi...

Contre les coups brutaux du verbeeg, Wulfgar maniait Aegis-fang en expert. Il réussit à jeter un coup d'œil au duel voisin. D'évidence, Drizzt jouait avec le verbeeg comme un chat avec une souris, retournant sa rage irraisonnée contre lui.

Le monstre saignait en une douzaine d'endroits... A tout instant, l'elfe pouvait l'achever d'une chiquenaude. Le plaisir manifeste de Drizzt surprit Wulfgar.

Le barbare constata que son ennemi faiblissait ; ses coups furieux perdaient en vigueur et en frénésie. En sueur, le souffle rauque, le verbeeg baissa sa garde. Aegis-fang porta le coup de grâce.

Drizzt se lassa du jeu. Il appuya de tout son poids l'estocade suivante ; la lame s'enfonça dans le cerveau du monstre.

\*
\* \*

Drizzt posa une question à son compagnon :

— Le marteau ?

— Je n'en sais pas plus, répondit Wulfgar, haussant les épaules. Il est revenu tout seul entre mes mains !

L'elfe sourit. Bruenor avait fait merveille ! Combien le nain devait aimer le barbare pour lui avoir consenti pareil don !

— Une vingtaine de verbeegs arrivent ! grommela le jeune guerrier.

— Et une autre est déjà là. Retourne voir Bruenor sans délai. Je repérerai leur antre sans mal.

Wulfgar acquiesça. Malgré lui, il s'inquiétait du comportement inhabituel de son compagnon. Pourvu que Drizzt ne fasse pas de folies...

— Que comptes-tu faire ensuite ?

Un sourire mystérieux n'apaisa guère ses craintes.

— Retrouve-moi ici demain matin. Je te promets de ne pas commencer sans toi la petite fête !

— Je serai là avant l'aube.

Wulfgar partit dans la nuit sans rien ajouter.

Drizzt se mit en route. Finalement, il entendit les voix graves des géants, peu avant de discerner des battants de bois, à l'entrée de la grotte. Ils étaient habilement dissimulés derrière des broussailles.

Bientôt, une deuxième patrouille sortit... puis revint. Une troisième lui succéda. Apparemment, l'absence de la première ne provoquait aucun émoi. Les verbeegs étaient des êtres capricieux et sans discipline. D'après les bribes de conversation que Drizzt put surprendre, on pensait que les trois géants s'étaient perdus ou qu'ils avaient déserté..

Plus tard, quand il quitta son poste d'observation pour peaufiner un plan, Drizzt était certain de toujours disposer de l'élément de surprise.

*
* *

Wulfgar courut toute la nuit. Après avoir délivré son message à Bruenor, il repartit au nord sans attendre. Une heure avant l'aube, il était de retour près de la rivière. Embusqué, il patienta, luttant contre une anxiété croissante.

N'y tenant plus, il pista à son tour les verbeegs. Il n'avait pas fait dix pas qu'on le frappa à la nuque. Quand il se retourna, son hostilité se mua en joie à la vue de l'elfe.

Voulant voir si l'impulsif jeune homme s'en tiendrait à leur accord, ou déciderait d'en avoir le cœur net, Drizzt était resté caché.

— Ne tente jamais rien tant que l'heure d'un rendez-vous n'est pas passée, le réprimanda Drizzt, même si l'inquiétude de Wulfgar l'émouvait.

Un cri familier les interrompit :

— Donnez-moi un colosse couinard à étriper !

Des nains enragés pouvaient couvrir de longues distances en un rien de temps. En moins d'une heure, le clan de Bruenor avait presque rattrapé le barbare.

Bruenor contempla les trois cadavres avec une sombre satisfaction. Cinquante nains armés jusqu'aux dents, soit plus de la moitié du clan, l'entouraient.

— Ils se terrent dans les parages, n'est-ce pas ?

Drizzt acquiesça :

— A environ deux kilomètres à l'ouest. Mais il y a plus pressé : ils attendent des renforts ce jour même.

— Le garçon n'en a pas parlé. ( Bruenor fit tournoyer son marteau. ) Mon petit doigt me dit que ces fameux renforts n'atteindront jamais leur destination... Tu sais par où ils arriveront ?

— Probablement par le défilé du Val Bise, au nord du lac Dinneshere. Vous allez les accueillir ?

— Bien sûr ! répondit Bruenor. Que comptes-tu faire ? Et le gamin ?

— Il reste avec moi. Il a besoin de repos. Nous surveillerons l'antre des verbeegs.

L'œil vif de Drizzt prouvait qu'il ne se contenterait pas de jouer les observateurs.

— Cinglé d'elfe ! grommela Bruenor dans sa barbe. Vingt contre un, ça ne lui fait pas peur !

Il examina les blessures des cadavres.

— Wulfgar en a eu deux, expliqua Drizzt.

— Ah oui ? ( Bruenor eut un de ses rares sourires. ) Tu baisses, elfe noir !

— Absurde ! Il avait besoin de se dégourdir un peu, voilà tout.

124

Surpris par la fierté que lui inspirait Wulfgar, Bruenor secoua la tête. Il reprit la tête du commando, qui entonna un chant guerrier.

En vérité, Bruenor se demandait ce qu'il resterait du repaire des verbeegs après le passage de Drizzt et de son acolyte.

# CHAPITRE XVII

## VENGEANCE

# CHAPITRE XVII

## VENGEANCE

Sur le pied de guerre, les infatigables nains, lourdement chargés, avaient emporté armes et bagages.

Les supputations de l'elfe noir paraissaient les seules valables ; Bruenor savait où surprendre l'ennemi. Un défilé offrait l'unique accès aisé à la vallée : Chuteval.

Même après une marche forcée la moitié de la nuit et une bonne partie de la matinée, les nains, une fois sur place, se mirent au travail sans perdre de temps. Bruenor était décidé à mener les choses rondement, avec un minimum de pertes. Des éclaireurs surveillaient les alentours. Sous la houlette de son chef, l'expédition s'attela aux préparatifs du guet-apens. Un groupe creusa une tranchée, un autre construisit deux balistes à l'aide du bois qu'il avait transporté. Dans les éboulis, les arbalétriers repérèrent les meilleures positions de tir.

En un clin d'œil, tout fut prêt. Les nains ne s'endormirent pas pour autant. A la recherche du plus petit avantage, ils passèrent l'endroit au peigne fin.

Tard dans la journée, un éclaireur de la montagne

signala un nuage de poussière à l'est. Un autre rapporta que vingt verbeegs, une poignée d'ogres et une dizaine d'orcs faisaient diligence vers Chuteval.

Bruenor fit signe aux arbalétriers de prendre place. Les équipes des balistes vérifièrent le camouflage de leurs engins. Puis les guerriers les plus forts, dont Bruenor, se dissimulèrent dans de petits trous creusés près de la piste.

Ils porteraient les premiers coups.

*
* *

Parmi les rocs surplombant le repaire ennemi, Drizzt et Wulfgar épiaient les géants. Le Drow redoutait qu'un détachement se porte à la rencontre des renforts, et les prive de l'avantage de la surprise.

Après des heures d'attente, les inquiétudes de Drizzt s'avérèrent fondées. Les battants de bois grincèrent. Une demi-douzaine de verbeegs sortirent. Ses grands yeux à demi clos, Drizzt les observa.

— Que vont-ils faire ? murmura le barbare.

— Partir à la recherche des disparus.

Grâce à son ouïe aiguisée, l'elfe avait capté des bribes de conversation. Ces géants avaient reçu ordre de faire montre de la plus extrême prudence en tâchant de déterminer ce qu'il était advenu des leurs. Avec ou sans eux, ils devaient rentrer à la nuit tombée.

— Avertissons Bruenor, dit Wulfgar.

— L'expédition aura trouvé les cadavres et donné l'alerte bien avant notre retour. De plus, m'est avis que Bruenor aura déjà fort à faire avec ses propres verbeegs.

— Oui, mais s'ils se doutent de quelque chose, les vaincre sera une autre paire de manches.

— Leurs camarades ne se douteront de rien si ceux-là ne reviennent jamais.

Le même éclat surprenant brillait de nouveau dans le regard de l'elfe.

A l'entendre, se débarrasser de six verbeegs était un jeu d'enfant.

— Allons, mon garçon, tu as suivi de nombreuses semaines d'entraînement en vue de tels moments. Viens, ils ne sont que six !

Avec grâce et légèreté, il franchit d'un bond un gouffre entre deux rocs et lui fit signe de le suivre.

Résigné, Wulfgar obéit. Redoutable escrimeur, Drizzt soupesait avec lucidité chaque feinte ou estocade avant de l'exécuter. Ces deux derniers jours, en revanche, Wulfgar avait eu un aperçu d'un côté terriblement casse-cou de sa personnalité. Drizzt n'était pas suicidaire pour autant. Y avait-il des limites à la confiance aveugle que Wulfgar lui vouait ? Le jeune homme s'interrogeait.

A cet instant, il sut qu'un jour viendrait où Drizzt l'entraînerait dans une situation sans issue...

\*
\*\*

Suivie de Drizzt et de Wulfgar, la patrouille verbeeg prit d'abord la direction du sud. Elle ne trouva pas trace des disparus. Approchant trop des mines des nains à son goût, elle bifurqua au nord-est, où s'était déroulé le drame.

— Nous devrons bientôt attaquer, dit Drizzt. Allons-y.

Peu après, ils furent en vue d'une aire déchiquetée où une sente étroite faisait un coude. Le sol montait légèrement, avant un gouffre peu profond. Le crépuscule tombait. L'heure de frapper était venue.

Drizzt détermina l'attaque la plus efficace : celle des maquisards.

— Ce n'est pas facile contre un ennemi sur le qui-vive, chuchota Wulfgar.

— J'ai quelque chose qui peut nous aider.

Drizzt sortit une figurine de son sac à dos et appela son ombre. Quand le merveilleux félin surgit du néant, Wulfgar bondit en arrière.

— Quel démon est-ce là ? jura-t-il d'une voix étouffée, les doigts serrés sur Aegis-fang.

— Guenhwyvar n'a rien d'un démon, le rassura Drizzt. C'est un ami et un allié de poids.

— Ce n'est pas naturel ! Je refuse de me battre au côté de *ça !*

Les barbares du Val Bise ne craignaient ni hommes ni bêtes, mais les arts occultes leur restaient étrangers.

— Si l'expédition découvre la vérité, Bruenor et les siens seront en danger. Le félin nous aidera. Laisse-ras-tu tes frayeurs mettre en péril la vie des nains ?

Wulfgar se reprit. Drizzt savait jouer de sa fierté et de son souci réel pour les nains. Temporairement, il fit abstraction de sa répulsion.

— Renvoie-le, nous n'en avons pas besoin.

— Avec Guenhwyvar, nous sommes sûrs de notre fait. Je refuse de prendre des risques inutiles.

Il faudrait longtemps à Wulfgar pour s'accommoder de la présence de Guenhwyvar. Pour l'instant, sa coopération suffirait.

Les géants marchaient depuis des heures. Leur formation se désagrégea ; il y eut des traînards.

Peu avant le gouffre, le sentier s'évasait. Ensuite il longeait une paroi rocheuse.

Drizzt fit signe à son compagnon de se tenir prêt.

Puis il lâcha le félin.

*
* *

Le détachement - vingt verbeegs, trois ogres et une dizaine d'orcs -, atteignit Chuteval de nuit.

La longue attente avait exacerbé des nerfs déjà à vif. Après une nuit blanche, les nains brûlaient de venger les leurs.

Le premier verbeeg passa sans incident. Quand l'arrière de la colonne atteignit la zone d'embuscade, les nains de Mithril Hall attaquèrent. Jaillissant de terre, le groupe de Bruenor frappa le premier, visant à estropier les colosses.

Face à l'épée pointée d'un orc, Bruenor lança son arme, criant : « Attrape ! ». Dérouté, le benêt suivit la trajectoire de la hache. Le nain lui fracassa le menton d'un coup de tête et récupéra son arme au vol avant de prendre la fuite.

La surprise était totale. Beaucoup de monstres hurlaient de douleur. Les balistes entrèrent en action. Des pierres s'abattirent sur les premiers rangs, éclaircis par l'impact. Les arbalétriers jaillirent de leur cachette pour faire pleuvoir une volée de carreaux sur les verbeegs pris de court. Puis ils chargèrent.

En formation en « V », les hommes de Bruenor revinrent à l'assaut.

Les monstres n'eurent jamais le loisir de se regrouper, ni d'opposer une défense efficace.

La bataille de Chuteval dura trois minutes.

Pas un seul nain ne fut sérieusement blessé ; des envahisseurs, seul l'orc que Bruenor avait assommé survécut au carnage.

*
* *

En symbiose avec son maître, Guenhwyvar bondit dans les rocs déchiquetés, devançant les verbeegs. Il se tapit en haut de la paroi rocheuse.

Hiératique comme la mort, il attendit.

Drizzt et Wulfgar approchèrent à couvert.

Un verbeeg un peu trop gras s'arrêta un instant pour reprendre son souffle.

Vif comme l'éclair, Guenhwyvar sauta.

L'agile panthère le laboura de ses griffes, l'utilisant comme strapontin pour rebondir contre la paroi.

Les mains serrant son visage ensanglanté, sa victime hurla.

Aegis-fang la frappa à la nuque, l'expédiant dans le gouffre.

Devant, un géant entendit le cri d'agonie ; il tourna la tête à temps pour voir l'infortuné basculer dans le vide. Toutes griffes dehors, le félin bondit sur cette deuxième proie, lui labourant la poitrine. En un clin d'œil, étouffé par son propre sang, le verbeeg sombra dans le grand néant.

Alertés, les autres accoururent. Guenhwyvar disparut. Drizzt et Wulfgar prirent position de part et d'autre de la piste.

Le félin avait souvent assuré des diversions. L'elfe connaissait la valeur de la surprise dans les jeux de guerre. L'animal hésita ; les verbeegs l'aperçurent avant qu'il se fonde dans l'ombre.

— Quel immense félin ! s'exclama un envahisseur, ignorant son camarade moribond. Il est aussi noir que les marmites du cuistot !

— Poursuivons-le ! Il fera une magnifique pelisse !

Drizzt laissa passer les premiers monstres, se concentrant sur les deux suivants. Il surgit devant eux ; son cimeterre s'enfonça dans une poitrine, tandis qu'il aveuglait un second adversaire d'un coup de lame. Il l'acheva rapidement. Dégageant ses armes d'une flexion des poignets, il s'écarta avec grâce des montagnes de chair qui s'écroulaient.

De son côté, Wulfgar lança Aegis-fang sur la poitrine de sa proie. Le souffle coupé, le verbeeg s'effondra à son tour. Le marteau de guerre revenu dans sa main, le barbare le projeta contre le compagnon du monstre, qui le reçut en pleine face.

Wulfgar se précipita pour l'achever. Mais, dur à cuire, le verbeeg retrouva ses esprits en un éclair et le ceintura.

Les années passées à battre le fer et à tailler la pierre avaient donné au barbare des muscles d'acier. Assurant sa prise sur le cou de son ennemi, il lui rompit les vertèbres cervicales d'un coup sec.

Le géant aveuglé par Drizzt faisait au hasard de sauvages moulinets. Dansant autour de lui, l'elfe s'amusait à le blesser de tous côtés.

Aegis-fang en main, Wulfgar scruta les alentours. Il n'avait nulle envie de se retrouver en tête à tête avec le félin.

Une fois l'ennemi *ad patres*, Drizzt le rejoignit.

— Tu ne sais toujours pas évaluer tes propres prouesses au combat ! rit-il, lui donnant une franche accolade. Six géants, ce n'est rien pour toi !

— Allons-nous enfin retrouver Bruenor ?

Dans le regard de l'elfe, l'éclat inquiétant ne s'était pas atténué.

— Pas besoin, répondit Drizzt. J'ai la conviction que les nains ont la situation bien en main. Toutefois, avec six nouveaux disparus, les autres auront la puce à l'oreille.

— Les nains seront de retour au matin. Nous pouvons attaquer le repaire avant midi.

— Trop tard, dit Drizzt, feignant la déception. J'ai peur que nous ne soyons obligés de frapper cette nuit même.

Nullement surpris, Wulfgar ne se fatigua pas à protester. Il craignait que l'elfe perde la mesure de ses possibilités. Mais il acceptait un fait indéniable : où que Drizzt aille, peu importe dans quelle aventure, et aussi improbables soient leurs chances de survie, Wulfgar le suivrait.

En son for intérieur, il commençait à admettre qu'il adorait prendre des risques au côté de l'elfe noir.

# CHAPITRE XVIII

## LE REPAIRE DE BIGGRIN

Drizzt et Wulfgar eurent l'agréable surprise de découvrir une entrée à l'arrière de l'antre de l'ennemi, situé en hauteur. Des monticules d'os et de détritus gisaient un peu partout. Un mince filet de fumée montait dans les airs, avec des senteurs de ragoût de mouton.

Accroupis dans les broussailles, les deux compagnons repérèrent le bivouac. La lune brillait au firmament.

— Serons-nous à temps pour dîner ? demanda l'elfe dans un murmure.

Wulfgar retint un éclat de rire.

Ils aperçurent le cuisinier, venu vider ses gamelles.

— Il est à moi, repartit Drizzt, très sérieux. Peux-tu faire diversion ?

— Le félin s'en chargera, répondit Wulfgar, même si Guenhwyvar le mettait encore mal à l'aise.

Drizzt se hissa au-dessus de l'entrée. *In extremis*, il s'y glissa avant que le verbeeg revienne jeter d'autres reliefs.

Dissimulé, Drizzt balaya du regard le *coin-cuisine* éclairé par des torches. Quand le géant revint d'une cellule voisine, il se plaqua contre le mur. L'irruption d'une panthère noire ne l'effraya pas outre mesure.

— Sors de là, espèce de gros chat ! bougonna-t-il. Sinon, je t'aplatis le crâne et je te mets à mijoter !

Derrière lui, l'ombre se désolidarisa du mur : Drizzt Do'Urden ne perdit pas de temps à dessiner un joli sourire sur la gorge de l'infortuné. Sans un soupir, ce dernier dégringola jusque dans les détritus. L'elfe noir pria pour que les autres n'aient rien entendu.

Il fit signe à Wulfgar et à la panthère de le suivre en silence. Près d'une table jonchée d'ustensiles de cuisine se trouvait un bloc où reposait un battoir sale et cabossé. A gauche s'étalaient divers bocaux d'épices rangés sur des étagères.

L'alvéole adjacente, carrée et plus grande, contenait une longue table. Des verbeegs dévoraient leur plat de mouton entre deux jurons. La pièce ne contenait aucune arme. Les monstres mangeaient avec leurs doigts.

Muni d'un sac pris sur une étagère, armes aux poings, Drizzt rejoignit le barbare.

— Ils sont six, chuchota-t-il.

Jetant un rapide coup d'œil sur la scène, l'elfe formula un plan d'action.

Il désigna Wulfgar :

— A droite, murmura-t-il. ( Puis il frappa sa propre poitrine : ) A gauche, derrière toi.

Un sourcil levé, Wulfgar tendit la main vers le félin.

Drizzt sourit.

Empoignant Aegis-fang, le barbare fit un clin d'œil à son compagnon avant de fondre sur le groupe attablé. Le premier verbeeg n'eut que le temps de se retourner ; avec une mortelle précision, Aegis-fang lui fracassa la poitrine. La violence de l'impact arracha le monstre du sol. Il retomba comme une masse, brisé.

Guenhwyvar sur les talons, Drizzt se rua sur les deux autres monstres pétrifiés. Leur jetant à la tête le contenu du sac, il les aveugla avec de la farine. Dans le même élan, il égorgea le premier. Toutes griffes dehors, Guenhwyvar s'abattit sur le second.

Les deux verbeegs assis en bout de table réagirent. L'un se dressa contre la tornade offensive du Drow ; signant son arrêt de mort, l'autre voulut fuir par la porte arrière.

Sans hésiter, Wulfgar lança son marteau de guerre. Bondissant au même instant, Drizzt aurait eu deux mots à dire à son ami s'il avait vu à quel point le tourbillon mortel l'avait frôlé. Le marteau plaqua le monstre au mur avec assez de force pour lui rompre le cou.

Restaient deux verbeegs.

Drizzt esquiva l'étreinte meurtrière d'un ennemi. Puis il se plaça entre la porte et lui. Ses grosses pognes tendues, le colosse chargea. Les cimeterres exécutèrent une danse fascinante. Hébété, le géant contempla ses mains, aux doigts coupés. Fou de rage, il fit de grands moulinets avec ses moignons. Une estocade eut tôt fait de mettre un terme définitif à sa folie.

Entre-temps, le dernier survivant s'était rué sur le barbare désarmé et l'avait soulevé dans les airs pour l'étouffer. Désespéré, Wulfgar contracta ses muscles et leva les poings pour marteler la poitrine géante.

Obéissant au *dweomer* lancé par Bruenor, l'arme magique revint dans ses mains. Avec un hurlement de joie mauvaise, Wulfgar énucléa son adversaire. Pris d'une souffrance atroce, ce dernier ne vit pas Aegis-fang fendre les airs. Le monde s'abîma dans une sauvage explosion...

Le géant au crâne éclaté fut catapulté sur la table, au milieu des écuelles de mouton...

— Ne gâche pas la nourriture ! s'écria Drizzt, avec une indignation feinte.

Il courut sauver un morceau particulièrement appétissant.

Des cris et des pas précipités résonnèrent de l'autre côté.

— Fuyons ! hurla Wulfgar.

— Attends ! La fête ne fait que commencer ! ( Drizzt désigna un tunnel faiblement éclairé, sur la gauche. ) Allons-y vite !

Wulfgar avait conscience qu'ils prenaient trop de risques.

Une fois de plus, il s'en remit à l'elfe.

Une fois de plus, il sourit.

Guenhwyvar sur les talons, il parcourut quelques mètres avant de s'apercevoir que Drizzt ne suivait pas. Pivotant, il le vit arriver sans se presser, une belle pièce de mouton embrochée sur une dague.

— Les géants ?

Drizzt le rejoignit derrière un pilier.

— Sur mes talons, expliqua-t-il benoîtement.

Il mordit à belles dents dans sa prise de guerre.

Tonnant et vitupérant, une volée de géants se montra.

Wulfgar en resta bouche bée.

— *Prayne de crabug ahm keike rinedere be-yogt iglo kes gron !* hurla-t-il.

Espérant que le conduit ne se terminait pas sur un cul-de-sac, il fonça dans l'obscurité.

Retirant sa dague de la viande, Drizzt laissa tomber sa portion et jura en silence. Léchant la lame, il attendit dans l'ombre que le troupeau de géants soit passé.

Aussitôt, il lança la dague sur le genou d'un traînard et fila de l'autre côté.

Les cris de douleur donnèrent l'alerte. L'agresseur avait disparu.

Après un tournant, Wulfgar se laissa aller contre une paroi pour reprendre son souffle. Il n'avait aucune peine à imaginer les raisons du tumulte. La meute venait d'apprendre l'existence d'un *second* intrus.

Gourdin en main, l'œil vif, la jambe alerte, un géant se campa au milieu du tunnel, guettant sa proie. L'elfe tira un coutelas d'une de ses bottes. Comment ces êtres pouvaient-ils se montrer stupides au point de tomber deux fois en dix secondes dans le même piège ? Cela lui échappait. Mais à cheval donné, on ne regarde pas les dents. Drizzt se glissa en catimini derrière le balourd pour lui enfoncer la lame dans la cuisse. Fou de douleur, le géant s'écroula. Ses mâchoires crispées firent admirablement ressortir les veines de son cou, mâchant le travail de l'elfe.

Enragés, les cinq autres piétinèrent leur camarade moribond pour courir sus à l'audacieux.

Drizzt aurait réussi à franchir la porte suivante si un verbeeg ne lui avait lancé une pierre. Les géants étaient remarquables avec une fronde. Le projectile atteignit le Drow.

Wulfgar eut le même succès : Aegis-fang fracassa la colonne vertébrale d'un autre traînard. Près de lui, le verbeeg blessé qui s'évertuait à retirer la dague de son genou le vit s'effondrer. La seconde suivante, un barbare fondait sur lui.

Du coin de l'œil, Drizzt vit venir la pierre. Il tourna assez la tête pour ne pas avoir le crâne éclaté. Mais le caillou le percuta à la naissance de l'épaule.

Comme s'il était devenu l'axe du monde, tout tourna autour de Drizzt. Il lutta pour se réorienter ; le géant accourait pour l'achever. La vision brouillée, Drizzt se concentra sur un petit objet gisant par terre.

C'était un doigt de verbeeg.

De nouveau maître de ses sens, le Drow ne put reprendre son arme à temps. Le dominant de toute sa hauteur, le géant s'apprêta à lui porter le coup de grâce.

Le blessé se campa tant bien que mal au milieu du boyau pour affronter le barbare. Wulfgar n'eut aucune peine à l'écarter de son chemin. Deux autres l'attendaient de pied ferme.

Guenhwyvar fila entre les jambes du monstre le plus proche et s'arracha de la pesanteur terrestre en un saut magistral. A l'instant où son ennemi allait l'achever, Drizzt aperçut une ombre noire, qui atterrit sur la table.

La diversion suffit au Drow pour dégainer en un éclair un cimeterre et le planter dans l'entrejambe du verbeeg. Plié en deux, ce dernier encaissa le coup d'un compagnon, destiné à l'intrus.

— Merci, marmonna Drizzt, roulant de côté.

Il enjamba le cadavre et bondit de plus belle.

L'hésitation coûta la vie d'un nouveau géant. Contemplant avec stupéfaction le gourdin ensanglanté qui venait de fracasser le crâne de son camarade, il ne vit pas la lame qui s'enfonça dans son cœur.

Le temps ralentit pour le verbeeg mortellement touché. La chute de sa massue parut durer une éternité. Il se sentit tomber. Mais le sol n'arriva jamais à lui...

Jamais.

Wulfgar espérait avoir assez sonné le blessé pour qu'il ne se joigne pas à la mêlée. Le barbare avait déjà fort à faire avec ses deux adversaires, sans être pris à revers. Apercevant l'elfe noir, l'un d'eux, ravi, se tourna vers le « nabot », escomptant n'en faire qu'une bouchée.

— Eh, riquiqui ! Tu imagines t'en tirer comme une fleur ? beugla-t-il.

Feignant le désespoir, Drizzt chercha une issue du regard. Comme toujours, il trouva d'instinct la solution. La panthère noire s'était tapie derrière les énormes cadavres. D'un pas en arrière, l'elfe attira sa proie dans la direction de Guenhwyvar.

Stoïque, Wulfgar encaissa un coup de gourdin dans les côtes, qu'il rendit avec deux fois plus de force. Depuis dix minutes, les coups pleuvaient dru. Mais Wulfgar était porté par l'adrénaline qui courait dans ses veines. Il commençait à apprécier les heures interminables de labeur et d'entraînement.

Le géant avança sur Drizzt.

— Cesse tes sales tours, misérable rat ! grogna-t-il. Voyons comment tu t'en sors dans un combat à la loyale !

Alors, Guenhwyvar bondit et planta ses crocs dans les chevilles du colosse. D'instinct, celui-ci se tourna, puis reporta précipitamment son regard vers l'ennemi...

... Pour voir le cimeterre s'enfoncer dans sa poitrine...

A l'air stupéfait de son adversaire, Drizzt lâcha :

— Par les neuf enfers, d'où t'est venue l'absurde notion que je me battais à la loyale ?

Le sang gicla sur la tunique de cuir ; le monstre suffoqua.

Le combat était terminé.

Frisant l'épuisement, Wulfgar entonna le Chant de Tempus pour se redonner du cœur au ventre. Quand le gourdin s'abattit de nouveau, il lança Aegis-fang à trois reprises.

Le dernier verbeeg s'écroula, mort.

Le bras gauche pendant, Drizzt le rejoignit. Il avait une épaule tuméfiée.

Inquiet, Wulfgar examina la blessure.

— Je guérirai vite. Cette contusion est un mince prix à payer pour avoir mis treize verbeegs au tapis !

Un grognement sourd leur parvint du tunnel.

— Douze, rectifia son ami. Il y en a un qui remue encore !

Respirant à fond, il lança Aegis-fang pour l'achever.

— Au fait, quand les géants ont chargé, tu as crié

quelque chose dans ta langue natale, je crois. Qu'as-tu dit ? questionna Drizzt.

Wulfgar éclata de rire.

— Un vieux cri de guerre de la tribu de l'Elan, expliqua-t-il. *Que la force soit avec mes amis, et que la mort cueille mes ennemis !*

Suspicieux, Drizzt se demanda jusqu'à quel point le jeune homme était capable de mentir.

*
* *

Le blessé était encore adossé contre la paroi quand le trio rebroussa chemin.

Son regard haineux s'illumina.

— Tu paieras cela, elfe ! cracha-t-il. Biggrin s'amusera avec toi avant de te faire la peau, tu peux en être sûr !

— Ces monstres ont une langue, tout compte fait, railla l'apostrophé. Biggrin ? demanda-t-il au géant.

— C'est notre chef. Il voudra te voir.

— Nous aussi ! écuma Wulfgar. Nous avons un compte à régler avec lui : deux nains tués !

Le blessé cracha. Un éclair d'acier brilla instantanément sous sa gorge.

— Tue-moi donc ! Que m'importe ? Gloire à ceux qui meurent pour Akar Kessell !

Wulfgar et Drizzt échangèrent un regard atterré. Jamais ils n'avaient vu chez un verbeeg pareil fanatisme. La première caractéristique empêchant ces monstres de dominer les autres races, plus faibles, était leur réticence foncière à embrasser une cause ou à suivre un chef.

— Qui est Akar Kessell ? demanda Wulfgar.

Le géant eut un rire mauvais.

— Si vous êtes des amis des citadins, vous le saurez bien assez tôt.

— Je croyais Biggrin le chef de cette grotte, dit Drizzt.

— De la grotte, oui, et d'une tribu. A présent, il obéit à notre maître.

— On a des problèmes, grommela Drizzt au barbare. As-tu jamais entendu parler d'un verbeeg chef de tribu s'inclinant de son plein gré devant un autre ?

— J'ai peur pour les nains...

Se souciant de préoccupations plus immédiates, Drizzt se tourna vers le blessé :

— Qu'y a-t-il au bout de ce tunnel ?

— Rien, répondit-il trop vite. Heu, juste un endroit où dormir.

*Loyal, mais stupide*, pensa Drizzt.

— Nous devons retrouver Biggrin et les autres monstres susceptibles de prévenir Akar Kessell, dit-il à Wulfgar.

— Et lui ?

Imaginant se couvrir de gloire en mourant au service du sorcier, le verbeeg serra les mâchoires et se lança sur eux.

Simultanément, Aegis-fang lui éclata le cou, les cimeterres s'enfoncèrent dans ses côtes, et les crocs de Guenhwyvar dans ses tripes.

Il mourut avec le sourire des fanatiques.

*
* *

A l'arrière de l'alvéole servant de salle à manger, le corridor n'était pas éclairé ; les compagnons durent s'armer d'une torche murale. S'enfonçant sous la colline, ils longèrent de nombreuses cellules, pour la plupart vides. Akar Kessell devait compter se servir du complexe comme base de repli.

Sur un tronçon du parcours, les ténèbres régnaient. N'étant pas nyctalope comme Drizzt, Wulfgar vit d'un mauvais œil la torche faiblir. Après une vaste caverne, ils aperçurent le ciel nocturne.

— Nous voici à l'entrée principale, dit le jeune homme. La porte est restée entrouverte. Crois-tu que Biggrin soit parti ?

— Chut !

Le Drow croyait avoir entendu quelque chose sur leur droite. Faisant signe à Wulfgar de rester au milieu de la pièce, il se fondit dans l'ombre.

Plus loin, il capta les voix rauques d'autres verbeegs. Pourquoi ne les voyait-on pas ? Approchant, il comprit que les voix venaient d'une cheminée.

— Biggrin ? chuchota Wulfgar en le rejoignant.

— Sans doute... Peux-tu passer par là ?

Le barbare hocha la tête. Il aida son ami à avancer le premier - son bras gauche ne lui était guère utile -, et suivit. Guenhwyvar monta la garde.

Ils parvinrent à une intersection donnant sur la pièce où se poursuivait la conversation. Le ton montait. On s'échauffait. Drizzt aperçut trois géants : celui qui se tenait près de la porte, à l'autre bout, ne désirait sans doute rien tant que s'éclipser.

Un immense monstre admonestait le dernier larron. Drizzt sut que le verbeeg enragé était Biggrin.

— Tu as fui, lâche ! vitupérait le chef. Tu as abandonné tes amis à leur sort !

— Non...

Biggrin en avait assez entendu : d'un coup de son immense gourdin, il tua son subordonné.

\*
\* \*

Les espions retrouvèrent Guenhwyvar à son poste. Prenant son feulement amical pour une menace, Wulfgar recula.

143

Drizzt n'avait pas le temps de s'amuser de sa nervosité.

— Il doit y avoir un passage plus loin.

— Ne perdons pas une minute, en ce cas.

Ils trouvèrent un conduit latéral qui les mena à une nouvelle pièce. Alors ils foncèrent.

L'endroit était vide. Une autre porte était entrouverte.

*
* *

Biggrin envoya un messager à Akar Kessell. Le sorcier serait furieux. Se sachant disgracié, Biggrin espérait réussir à tuer les intrus. Et priait pour que leurs têtes sur un plateau suffisent à apaiser Kessell...

Derrière une porte camouflée, il guetta ses victimes.

*
* *

Wulfgar et Drizzt gagnèrent une salle luxueuse jonchée d'épais coussins.

D'une main tendue, Wulfgar intima soudain ordre à son compagnon de s'immobiliser. L'intangible qualité d'un authentique guerrier, le sixième sens qui l'avertissait de dangers imminents, était entré en action. Se tournant vers une autre porte close, il leva son marteau de guerre. La tête inclinée, il guetta le premier son confirmant ses soupçons. Le silence régnait. Néanmoins, il avait foi en son intuition. Hurlant un cri de guerre en l'honneur de Tempus, il lança son arme. La porte vola en éclats. Embusqué derrière, Biggrin s'écroula.

Plus loin, Drizzt remarqua une porte supplémentaire, ouverte ; un compère devait avoir pris la poudre d'escampette. Sans perdre de temps, il lança Guenhwyvar à ses trousses. Survolant d'un bond magistral le géant foudroyé, le félin fonça.

Le sang coulait de la tête du verbeeg. Mais l'os épais avait dévié la lame. Incrédules, Drizzt et Wulfgar virent l'immense monstre se redresser.

— Ce n'est pas possible ! souffla le barbare.

— Celui-là est particulièrement têtu, remarqua Drizzt.

Aegis-fang brandi, le guerrier se campa au côté de l'elfe, prêt à tout.

Face à face, les ennemis se foudroyèrent du regard. Puis ils échangèrent quelques coups sans y mettre tout leur cœur, afin de se jauger.

— Tu dois être Biggrin, dit Drizzt.

— En effet ! Contemple ta mort en face !

— Et arrogant avec ça..., renchérit Wulfgar.

— Petit humain, j'en ai écrabouillé cent comme toi !

— Raison supplémentaire pour te tuer ! rétorqua le barbare.

Avec une rapidité et une férocité qui surprit les deux intrus, Biggrin frappa avec sa hache. Wulfgar et Drizzt esquivèrent de justesse ; un pan de mur vola sous l'impact.

D'instinct, Wulfgar bondit. Aegis-fang arracha une grimace de douleur au titan.

— Il faudra que tu frappes plus fort, nabot ! tonna-t-il, lançant derechef un coup puissant.

Une fois de plus, Drizzt l'évita. Wulfgar ne fut pas aussi rapide. Il parvint à parer le coup, mais le choc le plaqua contre le mur.

La situation était grave. Wulfgar assommé, Drizzt, avec un bras gauche inutilisable, faiblissait. L'adversaire était trop fort pour qu'il encaisse ses coups. Il fit mouche une dernière fois avant de fuir vers le corridor principal.

— Misérable chien ! tonna le colosse. Je te rattraperai où que tu ailles !

Sentant la victoire proche, il le poursuivit.

Le Drow rengaina son arme ; il chercha où se cacher. Ne trouvant rien, il l'attendit près de l'entrée.

— Où comptes-tu te réfugier ? railla le monstre en l'apercevant.

Les poignards que Drizzt lança ne ralentirent pas le verbeeg.

L'elfe sortit. Si Biggrin ne le suivait pas, il serait obligé de rebrousser chemin. Abandonner Wulfgar à une mort certaine était hors de question. L'aube pointait ; ses espoirs de surprendre Biggrin mouraient avec la naissance du jour. Grimpant sur un arbuste, il sortit une dague.

Le chef se précipita au soleil, fouillant les lieux du regard.

— Où es-tu, sale chien ? Tu n'as nulle part où aller !

Soudain, une masse noire lui sauta à la gorge. Hurlant sa rage, le géant se secoua pour désarçonner le tueur. Incapable de s'agripper en raison de son bras blessé, Drizzt vola dans les airs. Atterrissant sur son épaule meurtrie, il faillit s'évanouir. Il lutta pour se remettre debout...

... et se heurta à une botte noire.

Il se tordit le cou pour apercevoir son nouvel ennemi. Biggrin n'avait pas pu le rejoindre aussi vite. D'où venait ce géant ?

Aegis-fang au poing, l'air sombre, Wulfgar le dominait de toute sa hauteur.

— Il est à moi, dit-il simplement.

Biggrin avait une sale mine. Un côté du crâne couvert de sang séché, l'autre dégoulinant de sang frais, mille entailles le défiguraient.

Telles de morbides médailles, les poignards lancés par Drizzt saillaient de l'immense poitrail.

Aegis-fang lui brisa deux côtes de plus. Le géant avait encore du répondant. Ça ne suffit pas à l'abattre.

Mais à l'insu de Biggrin, le coup venait d'enfoncer un des poignards dangereusement près de son cœur.

— Je peux courir, chuchota Drizzt à son ami.

— Non, répondit le barbare. Je reste.

Sa voix ne trahissait pas la moindre peur.

Drizzt dégaina son cimeterre.

— Bien parlé, noble compagnon. Tuons cette bête : les assiettes nous attendent !

— Plus vite dit que fait ! railla Biggrin. ( Il ignora un soudain élancement de douleur dans sa poitrine. ) Si c'est tout ce dont vous êtes capables, préparez-vous à mourir !

In petto, Drizzt et Wulfgar reconnurent la part de vérité cachée derrière les bravades de leur ennemi. Blessés, épuisés, ils étaient dos au mur. Leur détermination ne suffirait pas à les sauver.

La certitude du verbeeg de les tenir à sa merci était plus troublante qu'ils n'auraient voulu se l'avouer.

A quelques pas de ses proies, Biggrin prit conscience d'une terrible chose. Son pas se fit hésitant.

Comme s'il venait d'être trompé, le géant arbora une expression outragée.

— Chiens ! éructa-t-il. Quel tour...

Le reste de ses paroles fut noyé par un flot de sang.

Il s'effondra, mort.

\*
\* \*

— Devrions-nous partir à la recherche du félin ? demanda Wulfgar quand ils retournèrent à la porte dérobée.

Drizzt enveloppa une torche de chiffons.

— Fie-toi à l'ombre, répondit-il. Guenhwyvar ne laissera pas sa proie lui filer entre les pattes. De plus, un bon repas m'attend dans la grotte.

— Vas-y, dit Wulfgar. Je guetterai ici le retour de la panthère.

Drizzt lui donna l'accolade et repartit. Ils avaient traversé tant d'épreuves ensemble en si peu de temps... Et l'aventure ne faisait que commencer ! Le Drow en avait l'intuition. Quoi qu'il en dise, se sustenter n'était pas la première de ses priorités. Le blessé interrogé s'était montré des plus évasifs quant à certain tunnel qui restait à explorer.

Aux yeux de l'elfe noir, la réticence du verbeeg ne signifiait qu'une chose : la présence d'un *trésor*.

\*
\* \*

La panthère négociait les pentes avec aisance. Elle ne cessait de gagner du terrain sur sa proie. Bientôt, elle entendit son souffle précipité : la créature fonçait vers Chuteval. Dans sa fuite éperdue, elle prenait la route la plus directe et la plus difficile, croyant arriver plus vite en sécurité.

Le félin connaissait aussi bien la montagne et ses habitants que son maître. Il savait où entraîner le verbeeg. Tel un chien de berger, il menaça les flancs de sa proie, l'obligeant à tourner en direction d'un étang. Certain que le marteau de guerre ou les cimeterres le talonnaient, le géant terrifié n'osa pas s'arrêter et affronter le félin. Il se rua là où Guenhwyvar le poussait.

La panthère le devança et se tapit près de l'étang, les sens en alerte. Sous l'étincelante surface, elle détecta un minuscule mouvement. A fleur d'eau, une forme mortelle gardait une immobilité quasi totale. Satisfait, le félin s'embusqua et attendit.

Le souffle rauque, le géant apparut. Se croyant momentanément hors de danger, il fit une pause, puis repartit.

Seul un grand tronc déraciné permettait de traverser l'étang. Des escarpements l'entouraient de part et d'autre, émaillés de ravins. Les contourner prendrait du temps.

Le verbeeg testa la solidité de la passerelle improvisée. Elle semblait solide. Prudent, il s'y engagea. Quand il fut à mi-parcours, Guenhwyvar bondit. Il planta ses griffes dans la poitrine du géant puis sauta de l'autre côté.

Le fuyard battit en vain des bras pour garder l'équilibre. Désespéré, il voulut s'agripper à la masse informe que la panthère venait de repérer.

Long d'environ quinze mètres, le serpent creva la surface ; il s'enroula à une vitesse affolante autour de sa proie. Impitoyables, les anneaux lui collèrent les bras le long des flancs et serrèrent.

Guenhwyvar s'ébroua et se tourna à temps pour voir le géant disparaître sous l'eau.

Avec un feulement de victoire, la panthère revint à la grotte.

# CHAPITRE XIX

## SINISTRES NOUVELLES

Passant devant les cadavres, Drizzt s'empara d'un succulent morceau de mouton. Il ralentit l'allure. Le bon sens l'exigeait. Si les géants avaient caché leur trésor au bout du tunnel, le danger guettait sûrement les téméraires.

Orienté au nord, le conduit devait s'enfoncer jusque sous le Cairn de Kelvin. Passé la dernière torche murale, Drizzt fut heureux de retrouver les ténèbres. Dans le monde de son peuple, il avait occupé la majorité de son existence à arpenter des tunnels. Ses yeux le guidaient plus sûrement dans le noir qu'en plein jour.

Une porte aux gonds métalliques munie d'une lourde barre cadenassée lui barra la route. Drizzt se sentit coupable d'avoir laissé Wulfgar en arrière. Le Drow avait deux défauts : l'ivresse du combat et l'exultation de découvrir les trésors des ennemis vaincus. Ce n'était pas l'or ou les pierres précieuses qui l'attirait. La richesse matérielle lui important guère, il conservait rarement ses prises de guerre. Mais l'excitation de les contempler le premier, de dénicher quelque incroyable objet tombé dans l'oubli, ou encore le grimoire d'un antique thaumaturge, ne s'émoussait jamais.

Ses remords s'évanouirent d'un coup. Il prit une lame à sa ceinture ; sans avoir jamais été entraîné dans l'art du crochetage, il était aussi habile et maître de ses réflexes que n'importe quel roi de la cambriole. La serrure ne constituait pas un défi pour ses doigts habiles et son ouïe acérée. Ce fut l'affaire de quelques secondes. N'entendant aucun bruit de l'autre côté, cimeterre pointé, il fit quelques pas.

Il soupira de déception en découvrant une pièce faiblement éclairée. Un imposant miroir cerclé de fer en occupait le centre. Conscient des propriétés magiques de certains de ces objets, Drizzt évita de s'y refléter. Il approcha pour l'examiner de plus près.

Les dorures à l'argent incitèrent l'elfe à flairer anguille sous roche. Il ne vit pas de runes ni d'inscription d'aucune sorte.

Quand il passa devant le miroir sans y prendre garde, une brume tournoya, tel un espace tridimensionnel enchâssé dans le verre. Plus intrigué qu'effrayé, Drizzt sauta de côté et observa le phénomène.

Comme attisées par un feu invisible, les volutes s'épaissirent ; un visage d'homme émacié se dessina.

— Pourquoi m'importunes-tu ? tonna l'apparition.

Drizzt recula. Affronter le mystérieux mage ? Mais s'il prenait des risques aussi insensés, ses amis en pâtiraient.

— Montre-toi, Biggrin ! exigea le reflet. ( Quelques secondes s'écoulèrent. ) Quand je saurai lequel de vous, sombres idiots, m'a dérangé, je le transformerai en lapin et je le jetterai aux loups ! grinça le sorcier.

Il y eut un violent éclat ; le miroir redevint normal.

Pensif, Drizzt se gratta le menton. Quels autres secrets recelaient ces lieux ?

Cette fois, il décida que le jeu n'en valait pas la chandelle.

Drizzt retrouva Wulfgar et Guenhwyvar à l'entrée de la grotte. Le barbare flattait l'encolure musclée de la bête.

— Je vois que Guenhwyvar a gagné ton amitié...

Wulfgar sourit.

— C'est un allié de choix... et un véritable guerrier !

A cet instant, une explosion se fit entendre.

Un tir de baliste percuta les battants.

Cimeterre au clair, Drizzt se campa devant son ami, qui avait été plaqué au sol par le souffle.

Un audacieux barbu au bouclier rond et à la hache étincelante bondit par la brèche.

— Venez jouer par ici, si vous l'osez, vils géants ! tonna Bruenor.

Il frappa son bouclier de sa hache, comme si son entrée fracassante ne venait pas de faire assez de boucan !

— Sois en paix, ô nain sauvage ! dit Drizzt, éclatant de rire. Les verbeegs sont tous morts !

Apercevant les deux compagnons, Bruenor les rejoignit, bientôt suivi de ses braves.

— Tous morts ? se récria-t-il. Maudit elfe, je savais que tu ne nous laisserais rien !

— Et les renforts ? demanda Wulfgar.

Bruenor eut un rire mauvais.

— Un peu de confiance, mon garçon ! Ils occupent maintenant un gros trou, même si un enterrement était trop bon pour cette racaille. Un orc a survécu.

Après l'épisode du miroir, Drizzt tendit l'oreille : le prisonnier aurait sûrement des révélations passionnantes à faire.

— L'avez-vous interrogé ?

— Oh, il grommelle sans arrêt, répondit Bruenor.

Mais j'ai plus d'un tour dans mon sac. Ça devrait rapidement lui délier la langue.

Drizzt savait que rien n'était moins sûr. Les orcs ne se montraient pas loyaux par nature. Mais s'ils étaient ensorcelés, les supplicier ne servait à rien. Il leur fallait vaincre l'enchantement. Drizzt avait sa petite idée.

— Allons chercher Régis, dit-il. Le petit homme le rendra plus bavard qu'une pie.

— Le torturer serait plus distrayant, soupira Bruenor.

Mais il se plia à la suggestion. Ce rassemblement de géants n'augurait rien de bon. Sans parler des orcs...

Il fallait absolument en savoir plus.

*
* *

Drizzt et Wulfgar restaient à l'écart, aussi loin que possible du clan. Dès son arrivée, Régis s'était isolé avec le prisonnier dans une alvéole adjacente. Malgré l'épuisement, tous attendaient d'en apprendre davantage sur ce qui se tramait.

A l'horreur de l'elfe et du barbare, Bruenor faisait mijoter les cervelles des verbeegs ; ils les mangeraient afin de s'approprier leur force.

Ne voyant pas les choses de la même façon, Drizzt et Wulfgar se pelotonnaient à l'écart de l'atroce chaudron, plongés dans une conversation privée.

Il leur tardait d'entendre ce que Régis avait à dire.

Les écoutant d'une oreille, Bruenor arborait un sourire en coin. Wulfgar avait intérêt à s'inspirer d'un guerrier chevronné de la trempe de Drizzt.

Un Régis, à des lieux de sa mine joviale habituelle, réapparut.

— Nous avons des problèmes, annonça-t-il.

— Lesquels ? demanda Wulfgar.

Tremblant, Régis leur rapporta les propos de la créature concernant les plans d'Akar Kessell, et les forces d'invasion déjà prêtes.

— Les tribus d'orcs et de gobelins, ainsi que les verbeegs de la région de l'Epine Dorsale du Monde se réunissent sous les ordres d'un sorcier humain nommé Akar Kessell.

Wulfgar et Drizzt échangèrent un regard. Le barbare avait cru qu'il s'agissait d'un géant de glace...

— Ils ont l'intention d'attaquer Dix-Cités, continua Régis. Même les barbares, menés par un chef borgne, ont rejoint leurs rangs !

Wulfgar rougit de rage et d'embarras. Son peuple, se battant au côté des orcs ! Drizzt se souvenait du roi borgne. Il posa une main réconfortante sur l'épaule du jeune homme.

— Allez à Bryn Shander, dit le Drow à Bruenor et à Régis. Les gens doivent se préparer.

Régis grimaça. C'était inutile. Si les estimations de l'orc avaient un quelconque rapport avec la réalité, tous les habitants réunis ne suffiraient pas à repousser l'assaut des envahisseurs. Ne voulant pas davantage alarmer ses amis, il baissa la tête et murmura :

— Partons.

*
* *

Même si Bruenor et Régis parvinrent à convaincre Cassius de l'urgence de la situation, il fallut plusieurs jours pour rassembler les autres porte-parole du Conseil. Durant la haute saison, à la fin de l'été, c'était à qui attraperait les plus belles truites pour la dernière caravane de Luskan. Les responsables des neuf communautés prenaient leurs responsabilités à cœur, mais de là à quitter les lacs plus d'un jour !

Ainsi, à l'exception de Cassius, de Muldoun, le

nouveau représentant de Bois Isolé qui considérait Régis comme un héros, de Glensather du Havre du Levant, toujours prêt à monter au créneau pour le bien de la communauté, et d'Argowal de Termalaine, férocement loyal à Bruenor, le Conseil n'était guère réceptif...

Tenant encore rancune à Bruenor de l'incident de Bryn Shander, Kemp s'évertua à jouer les trouble-fête. Avant que Cassius lise l'ordre du jour, il martela la table du poing :

— Au diable les formalités ! De quel droit nous convoques-tu ainsi, Cassius ? Pendant que nous siégeons stupidement, les marchands de Luskan vaquent à leurs préparatifs de départ !

— Nous avons eu vent d'une invasion, porte-parole Kemp, répondit l'apostrophé, comprenant sa colère. Je ne vous aurais pas convoqués en pleine saison s'il n'y avait pas eu urgence.

— Les rumeurs sont donc vraies ? railla Kemp. Une invasion, dites-vous ? Bah, il ne faut pas me la faire ! Je vois clair, allez !

Il s'en prit à Argowal. En dépit des efforts de Cassius pour calmer le jeu, le différend entre Targos et Termalaine n'avait fait qu'empirer ces dernières semaines.

Le moment n'aurait pu être plus mal choisi.

— C'est une piètre tentative ! écuma Kemp. Une pitoyable manœuvre d'Argowal et de ses complices pour que Termalaine l'emporte !

Dans cette atmosphère de suspicion, Schermont, le nouveau représentant de Caer-Konig, pointa un doigt accusateur vers Jensin Brent de Caer-Dineval :

— Quel rôle jouez-vous dans ce traquenard ?

Le précédent porte-parole du bourg avait été tué dans une rixe entre pêcheurs, sur le lac Dinneshere. Dorim Lugar avait été l'ami de Schermont ; son successeur s'avérait plus inflexible que lui.

Atterrés, Régis et Bruenor ne surent que dire pour endiguer les haines. Cassius abattit son maillet sur la table, cassant le manche en deux.

— Un peu de silence ! tonna-t-il. Retenez vos paroles venimeuses et écoutez le porteur de sinistres nouvelles !

Le silence retomba.

Sincèrement terrifié par les révélations de l'orc, Régis rapporta avec passion l'héroïque expédition de ses amis.

— Et Bruenor a capturé un des orcs qui escortaient les géants.

La nouvelle d'un ralliement entre les deux espèces fit son effet. La surprise et l'inquiétude se lurent sur les visages. Seuls Kemp et une poignée de mécontents refusaient d'entendre raison.

— L'orc nous a avertis de l'arrivée d'un puissant sorcier, Akar Kessell, et de son armée de gobelins et de géants ! continua Régis. Ils veulent conquérir Dix-Cités !

Kemp joua les outragés :

— Vous croyez à la parole d'un orc, Cassius ? Vous nous avez convoqués en cette période cruciale à cause des mensonges d'un monstre puant ?

— Le récit du petit homme n'est pas si extraordinaire, ajouta Schermont. Nous savons tous qu'un orc raconterait n'importe quoi pour sauver sa misérable couenne.

— Ou peut-être aviez-vous d'autres motifs ? persifla Kemp à l'attention d'Argowal.

Même s'il avait foi en Régis, Cassius ne dit rien. Vu les tensions, et la foire qui approchait à grands pas, après une saison particulièrement mauvaise, il s'était douté que la situation s'envenimerait. Résigné, il jeta un coup d'œil aux porte-parole et haussa les épaules. Les disputes reprirent de plus belle.

Dans le chahut qui suivit, Régis tira de sous sa

veste le pendentif magique, donnant un coup de coude à son compagnon. Ils échangèrent un regard déçu. Ils avaient espéré ne pas en arriver là.

Régis obtint de Cassius qu'il rétablisse un instant le silence. Il sauta sur la table et rejoignit le principal opposant.

Cette fois, il n'obtint pas le résultat escompté. En cinq ans, Kemp avait eu le temps de réfléchir à ce qui s'était passé avant la bataille contre les barbares. Que le petit homme l'ait si facilement fait changer d'avis l'ennuyait. Bien avant la pêche, le premier amour de ce bagarreur était la *castagne*. Sur le qui-vive, il avait observé le petit homme et ses mystérieux pouvoirs de persuasion. A l'approche de Régis, il détourna les yeux :

— Hors de ma vue, filou ! Tu as une étrange façon d'amener les autres à partager ton opinion ! Je ne tomberai pas dans ton piège, cette fois !

Il n'avait pas la moindre preuve pour étayer ses accusations. Mais en avait-il besoin ?

Pris de court, Régis hésita, incapable de se défendre. Même Argowal refusa de croiser son regard.

— Assieds-toi, illusionniste ! railla Kemp. Ta magie ne te sauvera pas quand on s'occupera de toi !

La rage au ventre, Bruenor bondit :

— Est-ce là aussi une filouterie, chien de Targos ? défia-t-il, déballant une tête de verbeeg.

Horrifiés, les conseillers reculèrent. Celui de Targos ne broncha pas.

— Nous savons comment agir avec les bandes de géants, répondit-il froidement.

— Les bandes ? Il y en avait une bonne vingtaine, sans compter les ogres et les orcs !

— C'est une coterie errante, rien de plus. Vous l'avez exterminée, à vous entendre. Pourquoi déranger le Conseil, en ce cas ? Si vous voulez des accolades, puissant nain, vous les aurez ! cracha-t-il. ( Il vit

Bruenor s'empourprer. ) Peut-être Cassius pourrait-il prononcer un discours en votre honneur devant tous les habitants...

Bruenor abattit son poing sur la table. D'un regard noir, il défia les autres de reprendre les insultes de Kemp à leur compte.

— Nous sommes venus tenter de sauver vos foyers et vos existences ! rugit-il. Que vous nous croyez et organisiez vos défenses ou que vous préfériez écouter ce chien de Targos, c'est votre problème ! En tout cas, j'en ai assez ! Que les dieux vous préservent !

Il sortit en trombe.

Le nain avait impressionné les représentants. La menace était trop réelle pour être mise sur le compte des affabulations d'un captif désespéré. L'arrogant Kemp s'entêta. Ne le cédant qu'à Cassius aux yeux de Dix-Cités, son opinion était d'un grand poids, surtout pour Caer-Dineval et Caer-Konig, toujours à la recherche des faveurs de Targos.

Trop de porte-parole se défiaient de leurs rivaux et ne demandaient qu'à s'en remettre à Kemp. Tout était joué d'avance.

Régis assista aux délibérations. Son crédit détruit en quelques instants, il n'avait plus aucun impact sur ses anciens collègues.

Pour finir, aucune décision ne fut votée. Cassius se borna à assurer ses confrères que tous les foyers seraient dûment avertis, et que Bryn Shander accueillerait tous ceux qui voudraient s'y réfugier.

Sans unité réelle, quelle sécurité attendre, même de hautes murailles ?

Régis ne tenait pas à le savoir.

# CHAPITRE XX

## ESCLAVE DE PERSONNE

— Inutile de discuter ! tempêta Bruenor, quand bien même aucun de ses compagnons n'avait l'intention d'émettre le moindre avis contraire.

Par étroitesse d'esprit, Dix-Cités avait voué la communauté à une destruction quasi certaine. Drizzt, Wulfgar, Catti-Brie et Régis n'attendaient pas des nains qu'ils défendent une cause perdue d'avance.

— Quand bloquerez-vous les galeries ? demanda l'elfe.

Il n'avait pas encore décidé s'il rejoindrait les nains, car il comptait jouer les éclaireurs pour Bryn Shander jusqu'à l'arrivée des envahisseurs.

— Nous commencerons ce soir, répondit Bruenor. Une fois les préparatifs en place, rien ne pressera plus. Avant d'obstruer les conduits, nous laisserons les orcs s'y engager, afin de les enterrer vifs ! C'est ce qui s'appelle faire d'une pierre deux coups ! Viendras-tu avec nous ?

Drizzt haussa les épaules. En dépit de la méfiance des humains à son égard, il ressentait une forte loyauté. Il n'était pas certain de pouvoir tourner le dos à sa terre d'élection, même dans des circonstances suicidaires. Et il n'avait guère envie de retourner vivre sous terre, fût-ce dans les cavernes hospitalières de ses amis.

— Quelle est ta décision ? demanda Bruenor à Régis.

Le petit homme était également partagé entre son instinct de survie et sa fidélité envers Dix-Cités. Ces dernières années, grâce au rubis enchanté, il avait mené la belle vie à Maer Dualdon. A présent, il avait été percé à jour. Après les rumeurs répandues par le Conseil, tout Bryn Shander murmurait à propos de son influence magique. D'ici peu, les autres communautés auraient vent des accusations de Kemp. Il serait mis au ban de la société. Régis savait que les beaux jours étaient finis.

— Merci de l'invitation, répondit-il. Je vous rejoindrai.

— Bien. Tu auras une chambre près du garçon.

— Non, s'interposa Wulfgar.

Se méprenant sur son refus, le nain le taquina :

— Prends garde, fiston ! Si tu t'imagines déjà près de ma fille, pense à éviter mes coups de hache !

Sincèrement touchée, Catti-Brie eut un doux rire.

— Les mines ne sont pas un endroit pour moi, poursuivit Wulfgar de but en blanc. Ma vie est ailleurs.

— Tu oublies que c'est à moi d'en décider ! rétorqua Bruenor.

Sa véhémence était plus celle d'un père soupe au lait que celle d'un maître.

Wulfgar se dressa de toute sa taille. Drizzt apprécia son courage. Bruenor commençait à comprendre. Même si l'idée d'une séparation lui déplaisait fort, une fierté sans précédent lui gonfla la poitrine.

— Mon apprentissage n'est pas terminé, déclara le

jeune guerrier. Cependant, j'ai amplement payé ma dette envers toi, mon ami, et envers ton peuple. ( Mâchoires serrées, il proclama : ) Moi, Wulfgar, je ne suis plus un gamin, mais un homme libre !

Bruenor eut les larmes aux yeux. Pour la première fois de sa vie, il ne s'en cacha pas :

— En effet. En ce cas, que décides-tu : resteras-tu et combattras-tu à mon côté ?

Wulfgar secoua la tête.

— Nous sommes quittes. Pour toujours, tu resteras... mon cher ami. Mais j'ai d'autres engagements à tenir... ( son regard se perdit au-delà du Cairn de Kelvin, sous la voûte stellaire )... dans un autre monde.

Catti-Brie n'aimait guère cela. Mais elle comprenait.

— Va, en ce cas, approuva Bruenor. Et vis pleinement chaque heure de ton existence.

Avant de replonger dans le tunnel d'accès, il se tourna une dernière fois vers le barbare.

— Tu es un homme, aucun doute là-dessus ! Mais n'oublie jamais que tu restes mon garçon !

— C'est promis, murmura Wulfgar, le regardant disparaître.

Il sentit la main du Drow sur son épaule.

— Quand pars-tu ?

— Ce soir. Ces jours sombres ne me laissent pas le choix.

— Et où vas-tu ? demanda Catti-Brie.

Elle savait déjà la vérité, *et* la vague réponse que le jeune homme donnerait.

— Chez moi.

Régis sur les talons, il se mit en route.

Catti-Brie fit signe à l'elfe d'attendre un instant.

— Fais tes adieux à Wulfgar cette nuit, dit-elle. Je ne crois pas qu'il reviendra.

— Il a le droit de rentrer chez lui, répondit Drizzt. Surtout s'il a des affaires personnelles à régler.

— Plus que tu n'imagines. ( Drizzt lui lança un regard inquisiteur. ) J'ai peur que les événements se précipitent...

Catti-Brie ne voulait pas trahir son ami. Mais si une personne au monde pouvait aider Wulfgar à affronter son destin, c'était l'elfe noir.

— Les problèmes de clan restent son affaire. Les barbares ont leur façon de les régler. Ils n'apprécient guère les ingérences.

— Pour ce qui est des tribus, je suis d'accord. Toutefois, si je ne m'abuse, la route de Wulfgar ne le mène pas vers son foyer. Il a autre chose en tête, même s'il ne s'en est jamais ouvert à moi. Je sais qu'il courra de grands dangers. Lui-même craint de ne pouvoir remplir sa mission.

Le regard perdu au loin, Drizzt réfléchit. Il connaissait la sagesse de la jeune fille et sa sagacité. Il ne doutait pas de son intuition.

Dans la nuit froide, les étoiles scintillaient au firmament. Le dôme céleste couvrait la ligne plate de l'horizon, encore vierge des feux ennemis.

Peut-être restait-il assez de temps.

*
* *

En deux jours, la proclamation de Cassius toucha les villes les plus reculées. Cependant, peu de gens se réfugièrent à Bryn Shander. Cassius avait su d'avance qu'il ne risquait rien à offrir la protection de la capitale. De belle taille, Bryn Shander comptait de nombreux édifices vides ; inoccupé la plupart du temps, un quartier entier était réservé aux caravanes de passage. Toutefois, si la moitié seulement des populations avoisinantes l'avait pris au mot, Cassius aurait eu du mal à loger tout le monde.

Le représentant ne s'en faisait guère. Hardis et vigoureux, les gens de Dix-Cités vivaient sous la menace constante des invasions. Il faudrait davantage que d'abstraits avertissements pour les pousser à l'exode. Vu les tensions régnant entre les bourgs, chacun restait sur son quant-à-soi.

Avec l'entière population du Havre du Levant et la moitié de Termalaine, Glensather et Argowal furent les seuls à se présenter aux portes de Bryn Shander.

Craignant de laisser l'avantage économique à leurs rivaux, ni Caer-Konig, ni Caer-Dineval ne réagirent. Pas un de leurs ressortissants ne fuit à Bryn Shander. Les orcs restaient une vague menace. On aviserait le moment venu. Les luttes intestines étaient plus réelles et immédiates.

Bremen gardait une féroce indépendance. A ses yeux, l'offre de Cassius était une tentative politique de réaffirmer l'importance de Bryn Shander. Belle Prairie et la Brèche de Dougan n'avaient nullement l'intention de se terrer dans le giron de la capitale, encore moins d'envoyer des troupes. Les deux villages les plus petits et les plus pauvres de la communauté ne pouvaient se permettre le moindre manque à gagner. Ils avaient répondu présent au ralliement contre les barbares. Ayant essuyé les plus lourdes pertes, ils en avaient été le moins dédommagés.

Quelques groupes partirent de Bois Isolé : beaucoup restèrent. Leur héros avait perdu la face. Même Muldoun voyait le petit homme d'un œil différent.

Le bien de la communauté était sacrifié aux intérêts personnels. La plupart des habitants confondaient union et dépendance.

*
* *

Régis revint à Bryn Shander procéder à des arrangements d'ordre privé. Un ami de Bois Isolé devait réunir ses affaires et les lui apporter. Les jours passèrent sans que nul préparatif, aucune défense ne s'organise. Même après le fiasco du Conseil exceptionnel, le petit homme avait espéré un réveil de bon sens...

La décision des nains d'abandonner les humains à leur sort et de se barricader sous terre était la seule raisonnable.

Régis se reprocha en partie la situation. Quand Drizzt et lui avaient concocté un plan de défense, ils avaient consacré des heures à prévoir les réactions des différents partis et à estimer la valeur de chaque alliance. Cette fois, Régis avait cru pouvoir faire entendre raison à ses collègues, en recourant au rubis avec les plus récalcitrants.

Mais il ne pouvait décemment se blâmer de l'imbécillité crasse des autres. Pourquoi devait-on recourir à la sorcellerie pour les convaincre de se défendre ? C'était absurde ! Si leur fierté provoquait leur perte... ils méritaient leur sort !

Le cynisme était le seul remède à une situation sans espoir.

Régis espérait que son ami ne tarderait plus.

Son sanctuaire l'attendait sous terre.

\*
\* \*

Juché sur son trône de cristal, Akar Kessell pianotait nerveusement sur l'accoudoir. Biggrin ne se manifestait toujours pas. Son dernier appel avait été des plus confus.

Si le miroir avait été brisé, Akar l'aurait su. Une force mystérieuse bloquait ses tentatives de communication. Le dilemme le préoccupait. Avait-il été découvert ? L'avait-on trompé ?

— Peut-être est-il temps de prendre une décision ? susurra Errtu.

— Nos forces ne sont pas encore au complet ! Beaucoup de tribus manquent à l'appel, ainsi qu'un important clan de géants. Les barbares ne sont pas prêts.

— Mais les troupes brûlent de se lancer à l'assaut de Dix-Cités. Les dissensions et les querelles se multiplient. Votre grande armée s'effiloche de jour en jour !

Retenir tant de tribus était en effet risqué. Mieux valait sans doute agir sans plus de délai. Mais le sorcier voulait en avoir le cœur net.

— Où est Biggrin ? s'exaspéra-t-il. Pourquoi ne répond-il plus ?

— Quelles défenses préparent les humains ? coupa Errtu.

Kessell ignora l'interruption. Peut-être aurait-il dû écouter ses démoniaques conseillers et envoyer des barbares moins voyants préparer le terrain... Que penseraient les pêcheurs s'ils voyaient des orcs et des gobelins commandés par des verbeegs ? Qu'avaient-ils déjà deviné ?

Avec une sombre satisfaction, Errtu nota l'inconfort de son maître. L'Eclat de Cristal et lui l'avaient poussé à frapper vite et fort. Mais le lâche continuait d'ergoter au lieu d'agir.

— Dois-je rejoindre les troupes ? s'enquit le démon.

— Envoie des messagers aux barbares et aux tribus qui n'ont pas encore rallié notre cause. Dis-leur que nous rejoindre, c'est participer au futur banquet de la victoire ! Les cités tomberont sous nos coups ! Demain sera un grand jour !

Errtu sortit en trombe. Des cris de joie ne tardèrent pas à retentir de tous côtés. Excités, gobelins et géants se hâtèrent de plier leurs tentes et d'empaqueter armes et bagages. Ils avaient attendu cet instant de longues semaines.

La même nuit, l'armée d'Akar Kessell s'ébranla en direction de Dix-Cités.

Dans le repaire déserté de Biggrin, le miroir de clairevision restait voilé par l'épaisse couverture mise là par Drizzt Do'Urden.

# ÉPILOGUE

Le vent d'est contre lui, il courait sous le soleil et les étoiles. Ses longues foulées avalaient les distances. Des jours durant, Wulfgar poussa jusqu'à l'extrême limite de son endurance. Il chassait et mangeait sans perdre de temps ; il s'arrêtait lorsque ses jambes épuisées ne le portaient plus.

Loin au sud, dévalant l'Epine Dorsale du Monde comme des vapeurs nocives, l'armée de Kessell avançait. L'esprit soumis à la volonté de l'Eclat de Cristal, géants et gobelins, assoiffés de sang et de pillage, brûlaient de tout détruire. Ils n'avaient qu'une idée en tête : satisfaire leur maître.

A trois jours de la vallée des nains, le guerrier atteignit la route utilisée par ses semblables. La présence de multiples empreintes lui apprit que les tribus se regroupaient. Aiguillonné par l'urgence, Wulfgar repartit de plus belle.

Son plus grand ennemi était, non la fatigue, mais la solitude. Durant les heures interminables de sa course, il lutta pour ne pas s'attarder sur le passé. Se remémorant le serment fait à son père mort, il évita de repenser à son plan d'action. Le désespoir qui le poussait à agir risquait d'anéantir sa détermination.

Cependant, il n'avait pas le choix. Il n'avait aucun droit contre Heafstaag. Même s'il défaisait le roi en combat singulier, nul ne le reconnaîtrait pour chef. La seule solution pour prétendre à la royauté était d'accomplir un fait d'armes héroïque.

Il continua de courir vers le but qui avait mené maints prétendants à leur fin. Dans l'ombre, avec la foulée gracieuse qui caractérisait ceux de sa race, suivait Drizzt Do'Urden.

Tous deux fonçaient vers le glacier Reghed, et un endroit appelé Eternelle-Fonte.

Vers l'antre d'Ingeloakastimizilian, le dragon blanc, que les barbares surnommaient « Mortbise ».

# LIVRE TROISIÈME

## CRYSHAL - TIRITH

# CHAPITRE XXI

## LA TOMBE DE GLACE

A la base du gigantesque glacier, cachée dans un vallon où une avancée de neige se frayait un chemin au milieu des crevasses déchiquetées, se dressait Eternelle-Fonte. Luttant sans fin contre les courants, une source chaude alimentait un étang. Les barbares piégés à l'intérieur des terres par des frimas prématurés y cherchaient souvent refuge. Au plus fort de l'hiver, l'eau salvatrice y abondait. Sa présence rendait le froid plus supportable.

Ce cocon de bien-être contribuait à la valeur d'Eternelle-Fonte. Sous la surface opaque de l'eau brumeuse gisait une pléthore de bijoux, de pierres précieuses, d'or et d'argent rivalisant avec un trésor de roi. Tous avaient entendu parler de la légende du dragon blanc. Beaucoup la considéraient comme des racontars de vieil homme en mal d'amuser les enfants.

Le dragon ne s'était plus montré depuis des lustres.

Wulfgar savait à quoi s'en tenir.

Adolescent, son père était tombé par hasard sur une entrée secrète. Plus tard, quand Beornegar avait appris la légende, il avait compris du même coup l'importance de sa trouvaille. Il avait passé des années à réunir une somme de connaissances sur les bêtes mythiques, surtout les blanches, en particulier Ingeloakastimizilian.

Avant de pouvoir agir, Beornegar avait péri lors d'un affrontement intertribal. Ayant prévu cette sombre possibilité, il avait transmis son secret à son fils.

Ainsi, le défi n'était pas mort avec lui.

\*
\*\*

D'un seul coup de son marteau, Wulfgar abattit un daim, dont il transporta la carcasse jusqu'à Eternelle-Fonte. C'était la troisième fois qu'il s'y rendait. Comme les précédentes, il fut saisi par l'étrange beauté des lieux. Dans l'air vaporeux, des banquises dérivaient comme autant de vaisseaux fantômes. Ocre et orange, les immenses roches, autour de la source, étaient enchâssées dans de fines couches de glace capturant le feu céleste. Contrastant avec la morne grisaille des glaces, elles renvoyaient d'étincelants bouquets de couleurs iridescentes.

A la mort de son père, Wulfgar avait fait serment de réaliser son rêve à sa place.

Il approcha avec révérence de l'étang et fit halte. Innombrables étaient les guerriers de la toundra à avoir tenté l'aventure avant lui.

Aucun n'était jamais revenu.

Le jeune barbare entendait changer cela. Serrant fièrement les mâchoires, il dépeça sa proie. La première étape était l'étang lui-même. L'invitation de ses eaux chaudes et revigorantes s'avérait irrésistible. Mais quiconque ressortait à l'air libre mourait de froid en quelques instants.

Wulfgar découpa le gras de la carcasse. Il le fit

fondre sur un brasero en une pâte épaisse. Puis il s'en badigeonna de la tête aux pieds. Inspirant un grand coup, Aegis-fang au poing, il traversa les brumes jusqu'à l'étang d'un calme trompeur.

Fort des instructions paternelles, il s'immergea et s'abandonna aux courants. Aspiré dans le tourbillon, il fut entraîné au nord de l'étang.

A quelques pieds du mur de glace, il vit le danger. Préparé à la collision, il s'enfonça soudain plus profondément sous l'eau. La pénombre devint ténèbres.

Les poumons en feu, il se mordit les lèvres jusqu'au sang pour lutter contre l'envie d'ouvrir la bouche et de perdre ses ultimes bouffées d'oxygène.

Il déboucha dans un vaste tunnel où le niveau de l'eau baissait. Crevant la surface, il aspira goulûment de l'air, toujours porté par des courants irrésistibles.

Il venait de réussir la première épreuve.

Le grondement d'une chute d'eau se faisait entendre. En pure perte, Wulfgar chercha sur les parois des aspérités ou des saillies pour tenter de ralentir sa course suicidaire. Il battit des bras dans l'espoir futile qu'Aegis-fang trouve prise dans la glace. Déboulant dans une vaste caverne, il vit des chutes rugissantes.

D'immenses blocs de glaces pendaient de la voûte. C'était son unique chance. A leur approche, il se propulsa de toutes ses forces et trouva miraculeusement une prise.

Abasourdi, il contempla les lieux depuis son perchoir improvisé.

La cascade défiait l'imagination : s'élevant du gouffre, la vapeur ajoutait une aura surréelle au spectacle. Instantanément saisies par le froid, des éclaboussures séparées du flot principal avant la chute gelaient sur le sol de la caverne en étranges sculptures brisées.

Entraîné dans les tourbillons d'eau, Aegis-fang alla s'écraser contre une de ces sculptures de givre. Aussitôt, Wulfgar, malgré l'engourdissement, parvint à dégager son arme de l'étreinte glaciale.

Sous les couches vitrifiées qu'avait percuté le marteau de guerre, il remarqua une ombre. Quand il en discerna mieux les contours, l'horreur le saisit. C'était un de ses prédécesseurs, parfaitement conservé...

Combien d'autres avaient subi le même sort ?

En partie constituée de givre, la voûte était à quelques pieds de la surface. Le soleil explosa dans la grotte, se reflétant à l'infini dans les échardes de glace.

Wulfgar supportait le froid grâce au stratagème de la graisse. Il survivrait aux premières épreuves.

Restait à affronter la Bête.

Des tunnels sculptés par le torrent en des temps reculés, un seul était assez grand pour la masse d'un dragon. Valait-il mieux explorer d'abord les autres, dans l'espoir de dénicher un accès détourné à son antre ?

Mais l'éclat blessant et les innombrables stalactites lui donnèrent le vertige. S'il perdait trop de temps ou s'il s'égarait, la nuit verrait la température chuter au-delà du supportable.

Balayant les saillies de son fidèle marteau, il s'aventura dans le tunnel qui devrait le conduire au gîte d'Ingeloakastimizilian.

\*
\*\*

Dans la plus vaste cellule du complexe souterrain, le dragon dormait paisiblement près de son trésor. Après tant d'années de quiétude, Ingeloakastimizilian, dit Mortbise, ne redoutait guère d'intrusion. Il avait fait la même erreur que maints dragons ayant élu domicile sous les glaces : le torrent y donnant accès avait progressivement diminué, l'emmurant vif dans une tombe de givre.

S'il voulait s'en libérer, il lui suffisait de briser la mince voûte. Mais Mortbise jugeait le risque trop grand. Comptant ses pièces et ses gemmes dans ses rêves, il préférait dormir comme un bienheureux. Bercé par une illusoire sécurité, il n'avait plus pris le moindre exercice depuis des décennies. S'épaississant au fil des jours, une couche de givre le recouvrait. Là où soufflaient ses naseaux, la glace restait fine.

C'est ainsi que Wulfgar le découvrit.

Profondément ému par la grande beauté de la bête enchâssée dans le givre, il en oublia de s'émerveiller de ses richesses. Il n'avait jamais vu tant de grâce ni de force.

Sûr de ne rien risquer, il baissa son marteau et appela respectueusement son adversaire par son nom :

— Salut, Ingeloakastimizilian.

Les yeux bleu pâle s'ouvrirent d'un coup, dardant leur feu sur intrus.

Après le choc initial de ce regard de braise, Wulfgar retrouva son aplomb.

— Ne crains rien, puissant dragon. Je suis un guerrier honorable. Je ne te tuerai pas de façon aussi déloyale. Je me contenterai de ton trésor ! sourit-il.

C'était une erreur critique.

En de telles circonstances, un combattant plus expérimenté, fût-il un chevalier digne de ce nom, aurait passé outre le code de l'honneur. Acceptant sa bonne fortune comme une bénédiction, il aurait occis la bête séance tenante. Peu d'aventuriers avaient laissé sa chance à un dragon. Aucun n'était revenu pour s'en vanter.

Choqué, Mortbise s'était d'abord cru perdu. Atrophiés par la longue immobilité, prisonniers du givre, ses muscles ne lui étaient plus d'aucun secours. A la

174

mention du trésor, un sursaut d'énergie balaya sa mortelle léthargie.

La colère lui redonna des forces. Avec une puissance inimaginable, il se libéra, projetant à la ronde mille éclats de glace. La caverne entière trembla sous le choc. D'une roulade, Wulfgar évita *in extremis* une écharde volante délogée par les secousses.

Remis sur pied, il fut nez à nez avec le dragon, qui avait baissé la gueule au niveau de l'impudent.

Mortbise battit des ailes pour se libérer des derniers lambeaux de son éclatant linceul.

Wulfgar sut qu'Aegis-fang ne viendrait jamais à bout du monstre. Le souffle de feu allait s'abattre sur lui.

Songeur, Mortbise considéra l'intrépide humain. Son arme magique l'intéressait.

Ses poumons se gonflèrent d'air froid.

D'instinct, Wulfgar bondit de côté. Il ne put éviter tout à fait le souffle glacé, mais son agilité naturelle le fit plonger à temps à l'abri, les poumons en feu et les jambes saisies par le froid. Le dragon se redressa et choisit un angle plus approprié.

Wulfgar ne survivrait pas à une seconde attaque.

Une sphère de ténèbres s'abattit sur la bête. Deux flèches sifflèrent aux oreilles du barbare pour s'enfoncer dans le noir.

— Attaque ! cria Drizzt Do'Urden. *Maintenant !*

D'instinct, le guerrier de la toundra obéit à son maître d'armes. Grimaçant de douleur, il sortit de sa cachette et avança sur le dragon, qui se convulsait.

Mortbise tenta en vain de se débarrasser du sortilège. Atteint par une nouvelle flèche, il fut dévoré par la rage. Même aveuglés, ses sens restaient supérieurs à ceux des intrus. Repérant l'elfe noir, il souffla dans sa direction.

Drizzt connaissait bien les dragons. Il avait évalué la distance qui les séparait. Le souffle mortel ne l'atteignit pas.

Le barbare frappa de toutes ses forces le flanc de la bête, prise au dépourvu. Si ses écailles blanches amortirent le coup, Mortbise n'en grimaça pas moins de douleur. Il n'avait jamais vu pareille force chez un humain. Alors qu'il se tournait pour foudroyer l'outrecuidant, une troisième flèche se ficha dans sa chair.

Le sang coula.

Fou furieux, le dragon encaissa deux autres coups magistraux du marteau de guerre enchanté. La vue des écailles éclatées, laissant la chair à nu, redonna à Wulfgar du cœur au ventre.

Mortbise avait survécu à force batailles. Il était loin d'être fini. Se sachant vulnérable au marteau, il frappa l'humain de sa longue queue.

Sonné, aveuglé, Wulfgar discerna son ami dans un brouillard : cimeterres au poing, Drizzt avança.

Avec une lucidité terrible, le barbare repéra l'immense bloc de glace suspendu au-dessus de la bête.

Contre un ennemi aussi formidable, l'elfe ne pouvait compter sur aucune tactique. Il espérait trouver quelque faiblesse avant que le dragon le tue. Wulfgar était peut-être mort sur le coup. Un brusque mouvement sur le côté le surprit.

L'apercevant du coin de l'œil, Mortbise déroula de nouveau sa queue afin d'écraser l'humain une bonne fois pour toutes.

En un ultime sursaut d'énergie, Wulfgar lança Aegis-fang.

Percuté par l'appendice caudal, il s'évanouit sans savoir si son pari avait été couronné de succès.

Drizzt fut témoin de leur victoire. Fasciné, il assista à la chute irréelle de la masse de glace.

Aveuglé par la sphère de ténèbres, Mortbise battit des ailes. Malgré ses avant-pattes griffues dressées, l'immense lance de givre le plaqua à terre.

Drizzt ne put voir son agonie.

Mais il entendit le craquement sec de l'épine dorsale et des vertèbres cervicales.

# CHAPITRE XXII

## PAR LE SANG OU PAR L'EXPLOIT

La chaleur d'un brasero ramena Wulfgar à la vie. Groggy, il ne se rappela pas de suite où il était. Puis il reconnut Mortbise, cloué au sol par un bloc de glace. La sphère de ténèbres dissipée, il resta bouche bée devant la mortelle précision des flèches de son ami. L'une dépassait de l'œil gauche ; les deux autres saillaient de la gueule.

Cherchant le réconfort d'Aegis-fang, ses doigts se refermèrent sur le vide. Malgré ses membres inférieurs ankylosés, le barbare se remit debout. Où était le Drow ?

Il entendit du bruit dans une alvéole adjacente. D'une démarche saccadée, il s'y rendit. A coups de marteau, Drizzt perçait le manteau de glace couvrant des piles de monnaies.

A sa venue, il s'inclina :

— Salut, Fléau du Dragon !

— Salut à toi, ami elfe ! répondit Wulfgar, ravi de le revoir. Tu m'as suivi sur une longue distance.

— Bah ! Il ne se passe rien d'excitant à Dix-Cités.

Comment aurais-je pu te laisser partir seul à la rencontre de la gloire ? Cinquante, cinquante, déclara-t-il avec un grand sourire, et un dragon à se partager. Je réclame la moitié !

— Tu l'as bien mérité !

Drizzt sortit un sachet pendu à son cou par une fine chaîne d'argent.

— Voici quelques babioles, expliqua-t-il. Je n'ai guère besoin de richesses, à vrai dire. Je doute pouvoir emporter tant de trésors sur mon dos. Ces verroteries me suffisent.

De la chape de glace, il dégagea une lame incrustée de joyaux. Sa garde en adamantite avait été sculptée de main de maître pour représenter la gueule d'un chat-huant. La belle ouvrage attirait immanquablement l'elfe. Les doigts tremblants, il tira l'arme de sa gangue.

C'était un cimeterre. Drizzt éprouva sa légèreté et son parfait équilibre.

— Je prends des babioles... et ceci, rectifia-t-il.

*
* *

Avant d'affronter le dragon dans son repaire, Wulfgar s'était demandé comment en ressortir.

— Le torrent est trop impétueux, et la chute d'eau trop élevée pour retourner à Eternelle-Fonte, dit-il. A supposer que nous retrouvions notre chemin, je n'ai plus de graisse pour nous protéger de la bise quand nous sortirons de l'eau.

— Je n'ai pas davantage l'intention de repasser par les courants, l'assura son ami. Cependant, je compte sur ma considérable expérience pour me tirer de semblables situations. Regarde un peu...

Il tira de sous sa veste un grappin à trois dents et

une corde légère, mais résistante. Il avait repéré un chemin.

Il désigna une trouée au-dessus d'eux. Dans sa chute, le bloc de glace avait entraîné des morceaux de la voûte.

— Je ne réussirai pas à le lancer si haut. Mais tes bras musclés devraient trouver amusant le défi.

— En d'autres circonstances, peut-être... Je n'ai plus assez de forces. ( Après l'excitation du combat, il ressentait vivement le froid. Jamais il n'était passé si près de la mort. ) Je crains que mes doigts ankylosés n'arrivent plus à se refermer sur ton grappin !

— Alors cours ! hurla le Drow. Que le sang circule de nouveau dans tes veines !

Wulfgar partit comme une flèche, forçant chaque nouvelle foulée à s'allonger, à gagner en rapidité. Bientôt, il retrouva sa chaleur corporelle.

Il lui suffit de deux essais pour réussir le tour de force. L'elfe passa le premier.

Wulfgar rassembla les derniers trésors qu'il comptait emporter, et les objets utiles au voyage. Avec l'aide du Drow, il se hissa à l'air libre peu avant le coucher du soleil.

Ils campèrent près d'Eternelle-Fonte. Se régalant de venaison, ils goûtèrent à un repos bien mérité.

Ils repartirent avant l'aube. Leurs longues foulées les menaient à l'ouest. Deux jours durant, ils coururent ensemble à l'allure qui les avait entraînés si loin à l'est. Quand ils repérèrent le campement barbare, tous deux surent que l'heure de se séparer était venue.

— Adieu, mon ami, dit Wulfgar. Je n'oublierai jamais ce que tu as fait pour moi.

— Moi non plus, répondit Drizzt. Que ton puissant marteau de guerre terrorise tes ennemis pour les années à venir !

Il repartit sans un regard en arrière. Se reverraient-ils jamais ?

A la vue des tribus réunies, Wulfgar fit halte et réfléchit. Cinq ans plus tôt, fier porte-étendard de l'Elan, il s'était rendu dans un campement similaire. Le Chant de Tempus aux lèvres, il avait partagé gaiement l'hydromel avec des guerriers qui ne verraient sans doute pas l'aube suivante se lever. A l'époque, la bataille était à ses yeux la glorieuse mise à l'épreuve de la valeur d'un homme. « Innocente sauvagerie ! », grommela-t-il dans sa barbe.

Sa vision des choses avait changé. Devenus ses amis, Bruenor et Drizzt lui avaient fait entrevoir la complexité de leur monde, personnalisant un ennemi jusqu'ici anonyme. Ils l'avaient forcé à affronter les conséquences de ses actes.

La bile lui monta à la gorge. Les tribus se préparaient de nouveau à attaquer Dix-Cités ! Plus répugnant encore, son peuple s'alliait à des gobelins et à des géants !

Il remarqua l'absence de l'Hengorot. Cernés par les feux de camp, des groupements de tentes signalaient les différentes tribus. Cinq ans plus tôt, il y en avait eu deux fois plus. Les observations de Drizzt, selon lesquelles les guerriers de la toundra ne s'étaient pas relevés de leur défaite, se révélaient douloureusement exactes.

Deux gardes vinrent à sa rencontre. Aegis-fang posé à ses pieds, il leva les mains pour les assurer de ses intentions pacifiques.

— Qui es-tu pour te rendre sans escorte et sans invitation au Conseil de Heafstaag ? demanda le premier homme, impressionné par la carrure de l'inconnu, et par son arme. Tu n'as rien d'un mendiant, noble guerrier. Mais nous ignorons ton identité.

— Pourtant, tu me connais, Revjak, fils de Jorn le

Rouge. Je suis Wulfgar, fils de Beornegar, guerrier de la tribu de l'Elan. J'ai disparu il y a cinq ans, quand nous *marchions* contre Dix-Cités, expliqua-t-il, choisissant ses termes avec soin.

Les barbares évitaient d'évoquer les sujets déplaisants.

Revjak le détailla de la tête aux pieds. Beornegar et lui avaient été amis. Il se souvenait de son fils. Les ressemblances avec l'adolescent de jadis étaient davantage que des coïncidences.

— Bienvenue, jeune guerrier ! Tu nous reviens au mieux de ta forme !

— En effet. J'ai vu maintes merveilles et appris la sagesse. J'ai de nombreux récits à conter, mais pour l'heure, il y a plus urgent. Je viens voir Heafstaag.

Revjak accepta de le conduire près de leur chef.

— Heafstaag sera heureux de te revoir sain et sauf.

A voix basse, le jeune homme grommela :

— Pas tant que ça, j'en suis sûr.

\*
\* \*

Une foule de curieux s'étaient rassemblés près du nouveau venu et de la tente royale. Revjak annonça l'arrivée de Wulfgar. Le roi lui donna aussitôt l'autorisation d'entrer.

Aegis-fang en équilibre sur une épaule, le jeune homme ne bougea pas.

— Ce que j'ai à dire, commença-t-il d'une voix forte, le sera devant tous. Que Heafstaag me rejoigne !

Devant ce défi, des murmures d'étonnement s'élevèrent. Que l'on sache, Wulfgar n'était pas d'ascendance royale.

Le torse bombé, son œil valide dardé sur l'impu-

181

dent, Heafstaag surgit à l'air libre. La foule fit silence. Le puissant souverain n'allait faire qu'une bouchée du jeune sot.

Soutenant son regard noir, le protégé de Bruenor ne recula pas d'un pouce.

— Je suis Wulfgar, proclama-t-il avec fierté, fils de Beornegar, lui-même fils de Beorne ; guerrier de la tribu de l'Elan qui combattit à Bryn Shander ; détenteur d'Aegis-fang, l'Ennemi Géant... ( Il leva son marteau de guerre. ) Ami des nains artisans et émule d'un ranger de Gwaeron Windstrom ; pourfendeur de géants ; vainqueur de leur chef Biggrin... ( Un large sourire aux lèvres, il fit une pause, s'assurant qu'il avait l'attention de tous. ) Je suis Wulfgar, le Fléau du Dragon !

Heafstaag grimaça. Aucun homme de la toundra ne pouvait se targuer de pareille gloire.

— Je réclame le Droit du Défi, gronda Wulfgar.

— Je vais te tuer, répondit Heafstaag, luttant pour conserver son sang-froid.

Il avait beau ne craindre personne, la vue de cette montagne d'homme le forçait à y réfléchir à deux fois. Il n'avait aucune intention de perdre le pouvoir alors qu'il était sur le point d'écraser Dix-Cités. S'il pouvait discréditer le jeune prétendant, le peuple opposerait son veto à ce Défi inopportun.

— De quel droit me défies-tu ?

— Tu obéis au doigt et à l'œil à un vil sorcier ! rétorqua Wulfgar avec véhémence. ( Il guetta les murmures, approbateurs ou désapprobateurs, de l'assistance. ) Tu voudrais que notre peuple lève l'épée aux côtés des gobelins et des orcs !

Si personne n'osa reprendre l'accusation, il sentit que force guerriers enrageaient en secret de pareille infamie. Cela expliquait l'absence de l'Hengorot. Sage, Heafstaag savait que les colères rentrées explosaient souvent lors de telles célébrations.

Avant que le roi riposte - verbalement ou les armes à la main -, Revjak s'interposa.

— Fils de Beornegar, déclara-t-il d'un ton ferme, tu n'as pas gagné le droit de discuter les ordres de notre roi. Tu viens de le défier : la tradition exige que tu te justifies, par le sang ou par l'exploit.

Revjak cachait mal son enthousiasme. Wulfgar comprit qu'il était intervenu pour donner un tour officiel et indiscutable à ce qui menaçait de dégénérer en simple empoignade. L'homme mûr avait foi dans le jeune champion. Wulfgar sentit que Revjak n'était pas le seul à l'accompagner de ses vœux.

Le torse bombé, Wulfgar opposa un sourire confiant à son adversaire. Le peuple suivait Heafstaag parce que nul champion de sa trempe ne s'était levé jusqu'ici pour le déposer.

— Par l'exploit, déclara-t-il.

Sans quitter le souverain des yeux, il défit la couverture enroulée sur son dos. Il lança aux pieds de Heafstaag deux objets en forme de lance.

Le cercle des guerriers hoqueta de surprise. Même le roi borgne pâlit.

— Le Défi n'est pas discutable ! proclama Revjak.

C'étaient les deux cornes blanches de Mortbise.

\*
\* \*

Sur son front, la sueur froide trahissait la tension de Heafstaag. La tribu de l'Elan formait un cercle d'honneur. Les autres barbares observaient le duel à distance respectable. Si le vainqueur n'y gagnerait pas une autorité formelle sur eux, il n'en serait pas moins le roi de la tribu dominante de la toundra.

Revjak se plaça entre les deux champions.

— A ma droite, Heafstaag, roi de la tribu de l'Elan ! ( Il énuméra la longue liste de ses exploits.

Mains sur les hanches, le borgne foudroya de son œil unique les guerriers les plus proches, satisfait de les voir reculer les uns après les autres. ) A ma gauche, Wulfgar, fils de Beornegar et prétendant au trône !

L'énumération de ses exploits prit moins de temps. Mais le « Fléau du Dragon » final rétablissait l'équilibre.

Revjak sortit du cercle.

L'heure était venue de se battre pour l'honneur et la gloire.

Les duellistes se jaugèrent. Wulfgar remarqua l'impatience de Heafstaag, un défaut commun à tous les barbares. Sans les leçons de Drizzt Do'Urden, il aurait eu le même travers. Un millier de claques humiliantes des cimeterres lui avait appris que le premier coup n'était pas aussi important que le dernier.

Epée haute, Heafstaag se jeta sur lui. Avec un grondement de défi, Wulfgar fit mine de l'attendre de pied ferme, avant d'esquiver à la dernière seconde. Emporté par son élan, le roi heurta les guerriers du cercle, aussi surpris que lui.

Enragé, le souverain borgne revint à la charge.

Ou du moins Wulfgar le crut-il.

Heafstaag n'avait pas régné si longtemps et survécu à tant de combats en n'ayant rien appris. Il feignit d'être hors de lui. Quand Wulfgar voulut éviter le coup suivant, il trouva devant lui l'énorme hache de son adversaire. Anticipant sa manœuvre, Heafstaag lui laboura le flanc.

Wulfgar brandit Aegis-fang pour décourager toute attaque précipitée. Même sans élan, sa riposte fit reculer Heafstaag.

— Tu te bats bien, remarqua ce dernier. Tu aurais fait honneur à mes guerriers. Dommage que tu doives mourir !

Il fit pleuvoir une volée de coups sur son ennemi, afin d'en terminer au plus vite. Comparé au tourbillon des lames de Drizzt, Heafstaag avait la dextérité d'une tortue asthmatique. Wulfgar n'eut aucune peine à parer, ripostant à l'occasion par des pointes bien placées.

Rouge de frustration et de lassitude, Heafstaag révisa sa tactique.

« *Un adversaire fatigué mettra souvent toutes ses forces dans une attaque*, lui avait expliqué Drizzt. *Mais il portera rarement son offensive dans la direction que tu prévois !* »

Wulfgar guetta la feinte.

Constatant qu'il ne pouvait percer les défenses du jeune champion, plus rapide que lui, le souverain en sueur chargea en hurlant, sa hache brandie à bout de bras.

Affinés à la perfection, les réflexes de Wulfgar l'avertirent de la ruse. Il leva Aegis-fang, comme pour parer, mais le baissa en même temps que Heafstaag donnait à son offensive une trajectoire basse.

S'en remettant à l'arme forgée par le nain, Wulfgar changea de position et ajusta l'inclinaison du marteau de guerre.

L'impact des deux têtes de fer fut d'une violence inouïe. La hache se brisa ; la secousse qu'encaissa le roi barbare l'ébranla.

Aegis-fang était intact. Achever Heafstaag serait désormais un jeu d'enfant.

Les poings serrés, Revjak savourait déjà la victoire du jeune homme.

« *Ne confonds jamais honneur et stupidité !* », l'avait vertement tancé Drizzt après sa dangereuse passivité face au dragon blanc. Mais Wulfgar attendait plus de ce duel qu'une simple passation de pouvoir. Il voulait laisser une impression durable sur les témoins. Lâchant Aegis-fang, il marcha sur le roi désarmé.

Sans perdre de temps à s'interroger sur sa bonne fortune, Heafstaag bondit pour le plaquer à terre.

Fermement campé sur ses jambes, Wulfgar résista.

Ils s'empoignèrent. Faisant assaut de coups et de manchettes, ils furent bientôt couverts de bleus et de coupures, le visage tuméfié.

Heafstaag accusait une grande fatigue. Il prit la taille de Wulfgar dans une étreinte d'ours, tentant de le déséquilibrer. Les longs doigts du jeune homme trouvèrent prise autour du cou du roi. Les phalanges blanches, les muscles saillants, il serra.

Heafstaag était en mauvaise posture. Son ennemi avait la force d'un ours polaire. Il lui martela les côtes de coups de poing, espérant rompre sa mortelle concentration.

Cette fois, les recommandations de Bruenor lui revinrent à l'esprit : « *Souviens-toi de la belette, fiston ! Encaisse les coups, mais une fois l'ennemi entre tes mains, ne lâche jamais prise !* »

Lentement, il força le roi à s'agenouiller.

Horrifié, Heafstaag tenta de se libérer.

Wulfgar allait tuer un homme de sa race.

— Rends-toi ! hurla-t-il.

Le roi répondit par un nouveau coup de poing.

Les yeux tournés vers le ciel, Wulfgar cria :

— Je ne suis pas comme ça !

Mais il n'avait plus le choix.

Il lut la terreur dans les yeux de Heafstaag quand ses os cédèrent. Le crâne éclata sous la pression.

Revjak aurait dû entrer dans le cercle et proclamer Wulfgar vainqueur et nouveau roi.

Comme tous les autres, il resta bouche bée.

\*
\* \*

Porté par les bourrasques, Drizzt parcourut les dernières lieues qui le séparaient de Dix-Cités. Les pics du Cairn de Kelvin se découpaient au loin. Leur vue le fit redoubler d'efforts.

Quelque chose n'allait pas.

Il en avait l'intuition.

Un œil humain n'aurait rien discerné à pareille distance. L'œil exercé du Drow repéra bientôt des tourbillons de fumée, au sud de la montagne.

Drizzt s'immobilisa. Les yeux mi-clos, il s'assura qu'il ne rêvait pas.

Réfléchissant à un nouvel itinéraire, il reprit sa route d'une foulée plus lente.

Caer-Konig et Caer-Dineval brûlaient.

# CHAPITRE XXIII

## ASSIÉGÉS

La flotte de Caer-Dineval mettait à profit les aires de pêche abandonnées par les gens de Havre du Levant, réfugiés à Bryn Shander.

Au nord du lac Dinneshere, ceux de Caer-Konig vaquaient à leurs occupations.

Ils furent les premiers à périr.

Tel un essaim d'abeilles enragées, l'armée de Kessell balaya les abords du lac par le nord et s'engouffra dans le défilé du Val Bise.

— Demi-tour ! s'écria Schermont, imité des autres capitaines, après le premier choc.

Tout était perdu...

Les gobelins s'abattirent sur Caer-Konig.

Au milieu d'infâmes cris d'allégresse, les marins pêcheurs virent s'élever les flammes.

Ils entendirent les cris d'agonie des leurs.

Femmes, enfants et vieillards ne songèrent même pas à résister. Ils coururent à perdre haleine, dans le fol espoir de sauver leur vie. Les gobelins les pourchassèrent et les hachèrent menu.

Géants et ogres se précipitèrent sur les docks, écrasant les malheureux qui appelaient désespérément les pêcheurs.

Les embarcations furent bombardées par les blocs de pierre que charriaient les géants.

Les gobelins s'enfoncèrent dans le bourg condamné. Le gros de l'armée poursuivit sa route en direction du second objectif : Caer-Dineval. Ses habitants avaient aperçu l'incendie, entendu les hurlements ; ils fuyaient déjà dans le plus grand désordre vers Bryn Shander.

Même portée par des vents favorables, la flotte de Caer-Dineval était à des lieues nautiques du port. Fuir était inutile. Des exclamations incrédules saluèrent les premières volutes de fumée qui se dégageaient des maisons.

Schermont prit une décision courageuse. C'en était fini de Caer-Konig. Il offrit son aide à ses voisins.

— Nous ne passerons pas ! cria-t-il à un capitaine voisin. Faites circuler le mot : tous au sud ! Les docks de Dineval restent sûrs !

*
* *

Depuis les remparts de Bryn Shander, Régis, Cassius, Argowal et Glensather assistèrent au drame. Après le sac des deux premières cités, l'offensive gagnait du terrain sur les fuyards.

— Ouvrez le portail, Cassius ! s'écria Argowal. Nous devons porter secours à ces malheureux ! Ils n'ont aucune chance de s'en tirer si nous ne ralentissons pas leurs poursuivants !

— Non, répondit Cassius, douloureusement conscient de ses responsabilités. Nous avons besoin de tous pour soutenir un siège. Sortir à découvert contre pareille multitude serait de la folie. Les villes du lac Dinneshere sont condamnées !

— Elles sont impuissantes ! rétorqua Argowal. Qui sommes-nous si nous nous révélons incapables de défendre les nôtres ? De quel droit restons-nous plantés là à regarder mourir ces pauvres gens ?

Déterminé à défendre Bryn Shander coûte que coûte, Cassius secoua la tête.

Fuyant Termalaine, d'autres réfugiés accoururent du second défilé, la Descente Bremen. Plus d'un millier étaient à présent en vue de Bryn Shander. Les gobelins jubilants s'étaient massés devant les portes nord.

— Va, dit Cassius à Argowal.

Si la capitale avait besoin de tous ses hommes, le sang des femmes et des enfants massacrés rougirait bientôt la plaine.

Avec ses fidèles, Argowal se rendit au nord-est, à la recherche d'une défense. Ils choisirent une position. Une fois retranchés derrière des barricades de fortune, prêts à se battre ou à mourir, ils attendirent que les fuyards soient passés.

Humant la chair fraîche, les plus rapides les talonnaient, rattrapant presque les mères qui serraient leur bébé sur leur sein. Les yeux rivés sur ces proies faciles, ils ne virent pas les renforts embusqués près de là.

Jusqu'à ce qu'il soit trop tard.

Les hommes de Termalaine firent pleuvoir des carreaux d'arbalète avant de se précipiter sur l'ennemi au côté des braves d'Argowal. Ils combattirent avec une ardeur de damnés, acceptant leur sort funeste avec courage.

Bientôt, des dizaines de monstres tombèrent pour ne plus se relever.

Hélas, ils semblaient innombrables. Pour un qui s'effondrait, deux se levaient. Les hommes de Termalaine furent engloutis sous des vagues de gobelins.

Posté sur une hauteur, Argowal jeta un coup d'œil vers la ville. Les femmes étaient à bonne distance, mais ne couraient pas vite. Si ses braves défenseurs brisaient les rangs et fuyaient, ils auraient tous les monstres à leurs trousses.

— Il faut effectuer une sortie et voler au secours d'Argowal ! hurla Glensather.

Cette fois, le porte-parole de Bryn Shander resta intraitable.

— Argowal a rempli sa mission, répondit-il. Les réfugiés ont une chance d'atteindre les murailles. Je refuse d'envoyer d'autres hommes au massacre ! Même si toutes les forces combinées de Dix-Cités se tenaient dans ces champs, elles ne suffiraient pas !

Le politicien comprenait qu'ils ne luttaient pas à armes égales contre Kessell.

Glensather parut abattu.

— Prenez des troupes, dit enfin Cassius. Aidez ces gens épuisés à escalader les remparts.

Le représentant de Termalaine vit avec satisfaction les femmes et les enfants atteindre la ville. Seul sur le monticule, il aperçut des dizaines de réfugiés se pressant au pied des murailles. Régis, Cassius et les autres devaient distinguer sa silhouette solitaire.

Toujours plus nombreux, des gobelins se lancèrent à l'attaque, rejoints par des ogres et des verbeegs. Un sourire sincère aux lèvres, Argowal salua ses amis des remparts avant de foncer sur l'ennemi avec ses hommes.

Régis et Cassius virent la marée noire submerger les braves de Termalaine.

Les lourdes portes de la cité se refermèrent sur les réfugiés.

*
* *

Tandis que les hommes de Termalaine affrontaient la mort pour sauver des innocents, la seule force qui s'opposa à l'invasion de Kessell ce jour-là et y survécut fut le clan de Mithril Hall. Les nains avaient passé des jours à se préparer à l'invasion.

L'irrésistible volonté du sorcier contraignait des tribus rivales à former un front commun contre l'ennemi. Kessell avait des objectifs précis en vue. Une fois Bryn Shander entre ses mains, et Dix-Cités à genoux, il s'occuperait des nains.

Mais ceux-ci avaient d'autres idées en tête. Il n'était pas question pour eux de se cacher sans décapiter quelques gobelins ou mutiler une poignée de géants au passage.

Plusieurs surgirent au sud de la vallée et abreuvèrent les envahisseurs de jurons bien sentis et d'atteintes savoureuses à leur virilité. Orcs et gobelins méprisaient les nains. Les plans de Kessell volèrent en éclats devant leur rage. Avides de verser le sang, un commando rompit les rangs pour fondre sur les provocateurs.

Quand les monstres furent presque sur eux, Bruenor et les siens s'engouffrèrent dans une gorge.

— Venez-y donc, chiens ! ricana-t-il avec une joie mauvaise.

Il tira une corde de son paquetage, impatient d'essayer un nouveau truc de son cru.

Les gobelins chargèrent comme un seul homme ; ils écraseraient l'ennemi à un contre quatre. Une vingtaine d'ogres fou furieux les suivaient.

Les monstres n'avaient pas une chance.

Les nains continuèrent leur manège, les attirant vers les pentes abruptes de la gorge, face à l'entrée cachée de leur complexe souterrain. C'était l'endroit idéal pour tendre un piège. Rendus frénétiques par la vue de leurs ennemis, les gobelins se ruèrent dans le traquenard.

Quand la majorité fut au bord des escarpements, à l'arrière des tunnels, Catti-brie poussa un levier. Une avalanche soigneusement préparée se déclencha. Des tonnes de rocs et de gravats dévalèrent les pentes, poussant les monstres dans le vide.

Un groupe d'arbalétriers fondit sur les gobelins.

Dissimulé dans les hauteurs, Bruenor les laissa passer, en quête d'un gibier plus important : les ogres. Solidement attachée à un roc, la corde tendue les attendait. L'autre extrémité ceignait la taille de l'intrépide nain, muni de ses deux haches de combat.

C'était la manœuvre la plus dangereuse qu'il ait jamais tentée. A l'approche des balourds, un sourire fendit son visage. Quand les deux premiers apparurent sur la sente étroite, il dut étouffer un rire narquois.

Bondissant de sa cachette, Bruenor lança ses armes. Déséquilibrés, les ogres furent poussés en arrière par le nain qui bondissait sur leur poitrine.

Tous basculèrent dans le vide.

Retenu par la corde, Bruenor se balança dans les airs tandis que ses ennemis s'écrasaient en bas.

— Embrassez les rocs pour moi, les gars, jubila-t-il, reprenant pied sur un escarpement.

Il se détacha.

Surpris, les gobelins virent l'intérêt que présentait la corde providentielle pour atteindre les tunnels des nains.

Bruenor avait prévu cette réaction.

Les monstres ne comprirent pas pourquoi la corde était si glissante sous leurs doigts.

Quand le nain réapparut, torche en main, ils eurent une petite idée...

Les flammes avalèrent la corde huilée. Le premier monstre de la file se rétablit *in extremis*. Les autres suivirent le même chemin que les ogres un instant plus tôt.

Satisfait, Bruenor contempla les dégâts. Le piège était une franche réussite.

Plus loin, les nains battant en retraite attiraient

sciemment l'ennemi à l'entrée des souterrains. Aveuglés par la soif de sang, les envahisseurs, peu malins imaginèrent que leur nombre effrayait les nabots.

Plusieurs tunnels résonnèrent bientôt de cliquetis métalliques. Les hommes de Bruenor attiraient l'ennemi dans les entrailles de la terre. Le son puissant d'un cor se fit entendre. Les nains s'enfuirent à toutes jambes.

Croyant avoir vaincu, gobelins et ogres poussèrent des cris de victoire.

On baissa plusieurs leviers. Le piège final activé, toutes les trouées furent obturées. Le sol trembla violemment. Un pan entier de la falaise s'affaissa.

Les seuls survivants furent les tout premiers attaquants. Désorientés, aveuglés par des tonnes de poussière, ils furent taillés en pièces.

L'incroyable avalanche s'entendit jusqu'à Bryn Shander. Abasourdis, les gens qui se précipitèrent sur les murailles nord crurent assister à la fin des nains de la vallée.

Régis savait à quoi s'en tenir. Il les envia, à l'abri sous terre. Apercevant Caer-Konig en flammes, il avait compris que sa longue attente des affaires restées à Bois Isolé venait de lui coûter sa chance d'en réchapper.

Impuissant, il vit venir la masse noire des envahisseurs.

*
* *

Sitôt que la situation leur était clairement apparue, les flottes de Maer Dualdon et d'Eaux Rouges étaient rentrées au port ; pour l'heure, leurs familles étaient saines et sauves. Ceux de Termalaine avaient retrouvé des foyers vides. Leur seul espoir, en repartant en mer, était que les leurs aient pu gagner Bryn Shander à temps.

Presque aussi grande et fortifiée que Bryn Shander, Targos offrit ses docks aux bateaux de Termalaine. Ceux-ci acceptèrent l'hospitalité de leurs rivaux les plus acharnés. Vu le désastre qui s'était abattu sur les communautés, leurs querelles semblaient bien mesquines.

*
* *

Les généraux gobelins étaient sûrs d'écraser Bryn Shander avant la fin du jour. Ils suivaient à la lettre les plans de leur chef. Le principal corps d'armée prit position sur la plaine, entre la capitale et Targos, interdisant toute liaison.

Impatientes de mettre à sac la troisième cité, plusieurs tribus marchèrent sur Termalaine. Quand ils la trouvèrent vide, ils s'abstinrent de la livrer aux flammes. Ils s'y installeraient confortablement en attendant l'issue glorieuse du siège.

Des milliers de monstres couraient au sud. Si grande était l'armée de Kessell qu'elle noircissait les champs entre Bryn Shander et Termalaine, sans éclaircir pour autant les rangs serrés autour de la cité.

La tension augmenta sur les remparts.

— Pourquoi n'en finissent-ils pas avec nous ? demanda Régis.

Plus aguerris, Cassius et Glensather comprenaient la manœuvre ennemie.

— Rien ne les presse, mon petit ami, répondit Cassius. Le temps joue en leur faveur.

Régis comprit alors.

Il revit en esprit l'héroïque salut d'Argowal, mort en héros pour sauver des femmes et des enfants.

Il n'était certes pas pressé de mourir.

Pourtant, il se surprit à envier le porte-parole.

# CHAPITRE XXIV

## CRYSHAL-TIRITH

Les traces laissées par l'armée ne surprirent nullement Drizzt. Les colonnes de fumée lui avaient déjà appris tout ce qu'il y avait à savoir. Les cités avaient-elles survécu ? Lui restait-il un foyer où retourner ?

Il examina les empreintes de plus près. Certaines, encore fraîches, étaient celles de trolls. Nerveux, il scruta son environnement. Il n'y avait rien d'autre que la plainte des vents ; les uniques silhouettes à l'horizon étaient les pics du Cairn de Kelvin et de l'Epine Dorsale du Monde.

Il comprit ce qui le mettait mal à l'aise.

Un démon était venu au Val Bise.

Familier des créatures des plans primaires, communes à Menzoberranzan, il avait senti la sulfureuse présence avant de la voir.

Puis il remarqua une demi-douzaine de trolls entourant un immense monstre des Abysses. C'était un démon majeur. S'il le tenait sous sa coupe, Kessell était un redoutable thaumaturge !

Drizzt les suivit à distance prudente.

Même si la bande ne songeait qu'à atteindre son but, il ne voulait prendre aucun risque. Dans les cités des Drows, il avait maintes fois été témoin des colères meurtrières de semblables créatures.

Malgré l'éloignement, il sentit une incroyable puissance émaner d'un petit objet éclatant serré entre les griffes du démon.

Bientôt apparurent des milliers de feux de camp dans la montagne. Drizzt dut s'arrêter.

La clarté la plus adaptée à sa vision nocturne était la lueur précédant l'aube. Malgré sa fatigue, il grimpa à la recherche d'un point d'observation approprié.

Il aperçut Bryn Shander, cernée. A l'est, des ruines fumantes étaient tout ce qui restait de Caer-Konig et de Caer-Dineval. A en juger par les cris d'allégresse, Termalaine était aux mains de l'ennemi.

Le ciel annonça le lever du jour. Au sud de la vallée, un pan de la falaise s'était affaissé. Au moins les nains étaient-ils en sécurité.

Mais la vue de la multitude grouillant autour de Bryn Shander lui serra le cœur.

— Combien de tribus de gobelins as-tu réuni, Akar Kessell ? Combien de géants t'appellent maître ? souffla-t-il.

Les jours des habitants de Bryn Shander étaient comptés...

Drizzt chercha une grotte où s'allonger et reprendre des forces. L'épuisement exacerbait son désespoir. Dans ces conditions, il ne pouvait penser de façon constructive.

Des mouvements, au loin, attirèrent son attention. A quelques centaines de pas des portes de la ville, la forme caractéristique d'un démon fendit les rangs. Drizzt capta l'aura surnaturelle de l'objet, semblable au cœur battant de quelque entité prisonnière des griffes de la Bête.

Du haut des remparts, Régis s'inquiéta :

— Que se passe-t-il ?

— C'est un démon, répondit Cassius.

— Il se moque de nos maigres défenses ! s'écria Glensather. Comment espérer survivre face à un tel adversaire ?

Absorbé par le lancement d'un sort, le démon posa l'objet sur l'herbe, recula de quelques pas et beugla des syllabes sibyllines. Le crescendo coïncida avec le lever du soleil.

— Une dague de glace ? supputa Régis.

Les premiers rayons du soleil fendirent l'horizon. Le cristal absorba leur énergie.

Crenshinibon dévora la lumière de l'astre avec un appétit frénétique.

Pétrifiés d'horreur, les citadins se demandèrent si leur ennemi avait le pouvoir de contrôler le soleil.

Seul Cassius eut la présence d'esprit de faire le rapport entre le cristal et le phénomène.

L'objet infernal enflait à chaque nouvelle pulsation ; il atteignit un maximum et diminua. Autour, tout n'était plus qu'insondables ténèbres. Lentement mais inexorablement, le cercle grandit. Assiégés comme assiégeants durent détourner les yeux du maléfice. Seuls le Drow et le démon, accoutumés à pareils sortilèges, purent observer la phase suivante. La troisième Crishal-Tirith apparut. La tour une fois achevée cessa d'occulter le soleil.

Le jour se leva enfin.

Rugissant, le démon pénétra dans la tour miroitante, suivi des trolls : la garde personnelle du sorcier.

Peur, émerveillement et terreur se lurent sur les visages des assiégés. L'irréelle beauté de la structure frappait les imaginations. Mais ses implications étaient inévitables : Akar Kessell, maître des gobelins et des géants, campait à leurs portes.

*<br>* *

Gobelins et orcs tombèrent à genoux. L'armée rendit hommage à son maître en scandant son nom avec une dévotion à donner la chair de poule.

L'influence de Kessell sur des troupes normalement connues pour leur indépendance avait de quoi inquiéter. L'unique chance de survie, pour les habitants de Dix-Cités, était d'occire le sorcier.

Drizzt s'abandonna à un sommeil réparateur.

Cassius aussi fatiguait. Il était resté toute la nuit sur les remparts, tentant d'évaluer ce qui subsistait d'animosité entre les tribus. Hormis quelques discordes mineures et des bordées de jurons, rien ne justifiait le moindre espoir. Comment le sorcier avait-il réussi à unifier de façon aussi spectaculaire des races ennemies ? Cela défiait l'imagination.

Au contraire de Drizzt, Cassius n'alla pas se coucher. Il portait sur les épaules la responsabilité des milliers de gens réfugiés entre les murs de la citadelle. Il ne connaîtrait plus de repos tant que la situation ne changerait pas. Il lui fallait des informations sur les faiblesses de l'ennemi.

S'il en avait...

Patient, il ne quitta pas son poste la journée suivante.

Et il repéra la hiérarchie en vigueur chez l'assaillant.

*<br>* *

A l'est, les flottes de Caer-Konig et de Caer-Dineval

s'amarrèrent aux docks désertés du Havre du Levant. De petits groupes étaient partis en quête de vivres ; la majorité restait prudemment à bord.

Jensin Brent et son homologue de Caer-Konig avaient décrété une trêve générale. Des promesses de paix et de bonne entente s'échangeaient entre équipages. Il n'était pas question de fuir - du reste, pour aller où ? Luskan était trop éloignée. Les premières neiges s'abattraient sur les fuyards avant qu'ils l'atteignent.

Les éclaireurs revinrent avec l'assurance que Havre du Levant n'avait pas été touché. On descendit plus nombreux à terre pour collecter vivres et couvertures.

Brent et Schermont avaient su étouffer la panique dans l'œuf. Mais malgré les bienfaits d'une organisation solide, le choc de l'invasion avait plongé les survivants dans le désespoir. Courageux combattant que n'abattait aucune adversité, Jensin Brent était une brillante exception. Il galvanisa les hommes en leur jurant qu'ils se vengeraient un jour d'Akar Kessell.

Un éclaireur revint avec de bonnes nouvelles :

— Bryn Shander tient bon !

L'optimisme de Brent s'avéra fondé. La misérable bande de sans-foyer reprit espoir. D'autres messagers coururent à Eaux Rouges pour répandre la nouvelle : Kessell n'avait pas encore gagné.

Femmes et enfants embarquèrent à bord des navires les plus solides. Les vaisseaux de guerre se préparèrent à prendre le large.

*
* *

Du haut des remparts de Bryn Shander, les observateurs, dont Cassius, avaient aperçu et déchiffré les messages envoyés par signaux lumineux depuis le sud du lac Dinneshere et d'Eaux Rouges.

Cassius commençait à voir les choses sous un jour différent. S'ils pouvaient tenir assez longtemps pour que les rancœurs mutuelles des gobelins, des orcs et des géants reviennent au galop...

Les messages alimentaient l'espoir.

La dramatique apparition du sorcier le réduisit en cendres.

Des pulsations rouges cernèrent la base de la tour ; des bleues, jaillies du sommet, descendirent le long de l'édifice. Elles l'encerclèrent jusqu'à sembler des anneaux verts.

Leur intensité et leur vitesse augmentèrent.

Deux trolls portant un miroir ouvragé émergèrent de l'édifice.

La luminosité disparut.

La vue des monstres remplit les témoins de révulsion. Ils se postèrent près des portes et tinrent le miroir de manière à ce que Cryshal-Tirith s'y reflète.

Deux rayons frappèrent le verre. Quand la fumée se dissipa, un homme émacié, en tunique rouge apparut.

Les gobelins tombèrent face contre terre.

— Salut, représentant de Bryn Shander ! railla le sorcier. Bienvenue dans ma belle cité ! ( Comment Kessell le connaissait-il ? ) Oui, je te connais, Cassius. Salut à toi, porte-parole Glensather. Les gens du Havre du Levant adorent les causes perdues, c'est bien connu !

— Tu nous prends au dépourvu, sorcier, car nous ignorons tout de toi.

— J'ai *tous* les avantages sur vous, imbéciles ! Tu ne te souviens pas de moi, Glensather ? J'ai pourtant séjourné plusieurs mois dans ta ville, humble apprenti sorcier de Luskan...

— Te souviens-tu de ça ? demanda Cassius à voix basse à son compagnon. Ce pourrait être très important.

— C'est possible, chuchota Glensather. Beaucoup

d'étrangers, venus avec les caravanes, séjournent dans notre bourg. En vérité, Cassius, je ne m'en rappelle pas.

Kessell fut outragé et ne le cacha pas :

— Peut-être que la débâcle frappera davantage vos esprits, sombres idiots ! Contemplez Akar Kessell, le tyran du Val Bise ! Peuple de Dix-Cités, votre maître est arrivé !

Il lança un mot de pouvoir ; la tour s'obscurcit. Puis une lueur l'illumina de l'intérieur.

— Voyez la splendeur de Crenshinibon et abandonnez tout espoir !

Un ballet d'éclats lumineux commença. Graduellement, il atteignit le pinacle de l'édifice et s'embrasa. Son incandescence rivalisa avec l'astre solaire.

Kessell poussa un cri d'extase.

Le feu était déchaîné.

Une mince ligne enflammé fondit sur Termalaine. Les observateurs postés sur ses remparts crurent voir voler un rai lumineux.

Quand ils distinguèrent mieux sa nature, il était trop tard.

La dévastation s'abattit sur la bourgade. Les malheureux frappés les premiers s'évaporèrent instantanément. Ceux qui survécurent hurlèrent de terreur.

D'une flexion du poignet, Kessell modifia la puissance du phénomène, créant un véritable arc de destruction. Livrée aux flammes, la ville fut ravagée en quelques instants.

Kessell savoura son triomphe.

Un frisson courut le long de sa colonne vertébrale. La tour parut soudain vaciller. Le sorcier saisit sa relique, nichée dans les replis de sa toge. Avait-il dépassé les limites de Crenshinibon ?

Dans l'Epine Dorsale du Monde, la première tour s'affaissa. Dans la toundra, la deuxième connut le même sort.

L'Eclat détruisait les extensions qui minaient ses forces vitales.

La luminescence de Cryshal-Tirith s'atténua et disparut.

Par bonheur, la cité de Targos, étant située en hauteur, n'avait pas été touchée par le feu maléfique. Témoins de l'effroyable phénomène, les pêcheurs de Termalaine restés sur les docks ou à bord recueillirent les survivants de leur mieux. Puis ils mirent la voile au plus vite, pour échapper au retour de flammes et aux bourrasques soulevées par les destructions en chaîne. Une poignée de vaisseaux resta à quai pour récupérer d'éventuels retardataires.

Les gens de Bryn Shander pleurèrent en entendant les cris d'agonie qui montaient de toutes parts. Cassius ne se permit pas ce luxe. La souffrance le touchait aussi profondément que les autres, mais il ne devait montrer aucun signe de faiblesse devant le sorcier. Il fit de son chagrin un masque de rage.

— Pauvre Cassius..., ironisa Kessell. Ne boude pas ainsi, cela te sied mal.

— Chien ! écuma Glensather. Les bâtards de ta sorte devraient tâter du bâton !

Cassius l'arrêta d'une main levée.

— Garde ton sang-froid, mon ami, chuchota-t-il. Kessell fait des gorges chaudes de notre panique. Laissons-le pavoiser. Il nous en révèle plus qu'il ne croit.

— Pauvre Cassius, insista le sorcier. ( Il fit soudain une grimace outragée. ) Souvenez-vous de ce jour, habitants de Bryn Shander ! Inclinez-vous devant votre maître... ou souffrez le même sort que Termalaine ! Pire même, car vous n'aurez nulle part où vous réfugier ! ( Il éclata d'un rire dément. ) Voici ma volonté : demain, je recevrai votre reddition inconditionnelle. Si vous êtes tentés d'écouter votre fierté, entendez les cris d'agonie, et contemplez les braises de ce qui fut les autres bourgs de Dix-Cités !

Un messager s'approcha de Cassius.

— Beaucoup de bateaux ont pris le large. Les réfugiés envoient de nombreux signaux.

— Et Kemp ?

— Il est en vie. Il a juré de se venger.

Cassius soupira. Même s'il n'aimait guère l'homme, un gaillard de sa trempe serait un allié de poids dans un combat qui s'annonçait serré.

Ayant entendu le dialogue, Kessell grogna de mépris.

— Et où iront-ils ? brailla-t-il.

Tout à son étude d'un ennemi imprévisible et déséquilibré, Cassius s'abstint de répondre.

— A Bremen, n'est-ce pas ? C'est impossible !

Kessell claqua des doigts ; aussitôt, un régiment de gobelins sortit des rangs et fonça à l'ouest.

Vers Bremen.

— Vous voyez ? Le bourg tombera avant la fin de la nuit. Une autre flotte appareillera... La ville des bois subira le même sort. Mais quelle protection offriront vos précieux lacs quand l'hiver sera là ? A quelle vitesse vos nefs fuiront-elles sur des eaux prises par les gels ? Quelle défense vous restera-t-il contre Akar Kessell ?

Cassius et lui se foudroyèrent du regard.

*
* *

A Maer Dualdon, Kemp regardait avec une rage impuissante sa cité réduite en cendres. Des gens en pleurs, couverts de suie, observaient l'atroce spectacle avec une horreur incrédule.

A l'instar de Cassius, Kemp transforma son désespoir en colère. Dès qu'il eut vent de la cohorte de gobelins se dirigeant vers Bremen, il dépêcha son navire le plus rapide pour avertir les habitants, et un second pour quérir vivres et pansements auprès de Bois Isolé.

Malgré leurs différences, les représentants des dix villes avaient beaucoup en commun. Comme Argowal, qui avait sacrifié sa vie pour le bien de son peuple, et Jensin Brent, qui refusait de céder à la panique, Kemp de Targos entreprit de remonter le moral de ses troupes.

Il n'avait pas dit son dernier mot.

Cassius non plus.

# CHAPITRE XXV

## ERRTU

A son réveil, malgré la nécessité qui l'avait poussé à dormir, Drizzt se sentit coupable en apercevant les villes en flammes.

Durant la transe méditative que les elfes appelaient « dormir », Drizzt n'était pas resté inactif ; il avait plongé dans ses souvenirs, en quête d'une sensation : l'aura d'une puissance particulière, que la présence du démon avait réveillée au plus profond de sa mémoire. Les créatures venues de plans inférieurs irradiaient des ondes surnaturelles que les elfes noirs reconnaissaient entre toutes. A Menzoberranzan, cet être avait servi son peuple pendant de nombreuses années.

— Errtu, murmura-t-il, revenant au présent.

Sachant le véritable nom du démon, il l'obligerait à le rejoindre.

\*
\* \*

Drizzt choisit avec soin le lieu de l'affrontement. Les gens le considéraient comme un téméraire. Pourtant, il préférait éviter de combattre un démon de cette catégorie. De tels monstres pouvaient arracher les pierres à main nue, voire jeter à bas des édifices entiers.

En règle générale, les Drows s'entendaient avec eux. Les démons les respectaient, les choisissant souvent pour partenaires.

A Menzoberranzan, toute construction bénéficiait de protections occultes. Drizzt ne disposait d'aucun bouclier de la sorte. Si on en venait aux coups, il pouvait au mieux espérer renvoyer le monstre dans son plan d'origine pour une centaine d'années.

Il n'avait aucune intention de se battre.

Mais, il devait tenter quelque chose contre le sorcier. Son but était de découvrir le défaut de l'armure. Il recourrait à la tromperie pour abuser Errtu et rendre crédible son histoire cousue de fil blanc.

Il jeta son dévolu sur un cirque naturel, à demi couvert par une saillie rocheuse, hors de vue de Cryshal-Tirith. A l'aide de sa dague, il grava les runes idoines sur les parois et le sol. Le temps avait érodé ses connaissances. Il savait son pentacle défectueux. Toutefois, ce serait mieux que rien.

Assis en tailleur sous la voûte, il jeta sur le sol sa figurine en onyx. Guenhwyvar serait un bon gardien.

Ne sentant aucun danger immédiat menacer son maître, la panthère tourna vers lui un regard inquisiteur.

Drizzt l'invita à le rejoindre.

La bête parut se heurter à un mur invisible. Soulagé, l'elfe soupira. Au moins ses runes n'étaient-elles pas totalement inefficaces. Car Errtu testerait sans nul doute leur résistance.

La barrière n'était pas infranchissable. Mais les signaux contradictoires émanant de son maître déroutèrent le félin : il l'appelait tout en voulant qu'il reste à l'écart. Devait-il bander ses muscles et briser le mur invisible ? L'elfe paraissait content. La panthère s'assit, patiente.

Il lui fit signe de s'embusquer derrière une corniche, et de n'attaquer qu'à son signal.

*
* *

Errtu bouillonnait d'une rage silencieuse. Il avait prévenu l'humain que les autres tours coûtaient pour rien de l'énergie à Crenshinibon. Mais le sorcier à l'ego fragile s'entêtait, considérant ses conseils comme autant de tentatives de miner son pouvoir.

L'appel que le démon frustré capta n'aurait pu mieux tomber. Entendre son vrai nom le fit frissonner. Plus intrigué que furieux contre l'impudent mortel, Errtu faussa compagnie à Kessell, occupé avec ses filles, et se rendit dans la vallée.

Ses grandes ailes déployées, il survola la région sous la clarté de la lune, terrifiant les gobelins au passage.

Drizzt sentit son approche. Guenhwyvar releva la gueule et grogna. Tous les sens en alerte, le félin se plaqua au sol, très près du bord de la corniche.

Repérant celui qui l'avait appelé, Errtu replia ses immenses ailes de cuir et s'engouffra dans l'abri. Sa curiosité assouvie, il tuerait l'impertinent.

Le soleil occulté par la masse du démon, Drizzt lutta pour rester maître de ses émotions. Le sort en était jeté.

Ebahi, le monstre se figea. Errtu n'avait plus vu de Drows depuis des siècles. Jamais il n'aurait cru en trouver un à la surface, dans les plaines polaires du bout du monde.

Drizzt retrouva sa voix :

— Salut, maître du chaos. Je suis Drizzt Do'Urden, de la Maison de Daermon Na'shezbaernon, neuvième famille du trône de Menzoberranzan. Bienvenue dans mon humble camp.

— Tu es loin de chez toi, Drow, répondit le démon, éminemment suspicieux.

— Tout comme toi, grand maître des Abysses, de passage dans ces contrées, sans doute pour les mêmes raisons que moi.

— Je sais pourquoi je suis ici. Les affaires des Drows ont toujours dépassé mon entendement, et mon intérêt !

Avec un rire fielleux, Drizzt frotta son menton pointu. L'estomac noué, une sueur froide sur la peau, il dissimula sa peur sous des ricanements. Si la bête sentait son malaise, sa crédibilité en prendrait un rude coup.

— Mais pour la première fois depuis de nombreuses années, il semblerait que nos chemins se croisent, puissant pourvoyeur de chaos. Mon peuple s'intéresse de très près à ton maître actuel.

Une lueur inquiétante au fond de ses yeux rouges, Errtu bomba le torse.

— Mon maître ?

Incrédule, il tremblait de rage.

Drizzt s'amenda promptement :

— Selon toute apparence, gardien du Mal, le sorcier exerce un pouvoir sur toi. Tu œuvres au côté d'Akar Kessell, tu ne peux le nier.

— Je ne sers aucun humain !

Martelant le sol d'un pied griffu, il fit trembler l'édifice naturel sur ses fondations.

L'affrontement que Drizzt ne pouvait espérer remporter était-il sur le point d'éclater ? Devait-il appeler Guenhwyvar pour avoir au moins le plaisir de porter les premiers coups ?

Le démon se calma. A demi convaincu d'avoir deviné la raison de la présence du Drow, il scruta son interlocuteur.

— Servir le sorcier ? ricana-t-il. Même à l'aune des standards humains, Kessell est un misérable spécimen ! Mais je ne t'apprends rien, Drow. N'essaie pas de nier. Au diable, Kessell ! Toi et moi voulons Crenshinibon !

L'air dérouté de l'elfe parut assez sincère pour l'étonner. Il était pourtant convaincu d'avoir trouvé le fin mot de l'histoire. Pourquoi ce nom surprenait-il l'elfe noir ?

— Crenshinibon, expliqua-t-il, est un puissant bastion.

— La tour ?

— Cesse de jouer au plus fin avec moi ! Les seigneurs drows n'ignorent rien des pouvoirs de la relique d'Akar Kessell, ou ils ne l'auraient jamais envoyée chercher !

— Très bien, tu as deviné, soupira Drizzt. Je devais cependant m'assurer que la tour dressée sur la plaine est bien ce que je cherche. Mes maîtres ont peu de compassion pour les espions incompétents.

Un sourire cruel aux lèvres, Errtu se souvint avec délectation des chambres de torture de Menzoberranzan. Les années passées chez les elfes noirs avaient été un enchantement !

— Quelque chose m'intrigue, terrible zélateur du Mal. Comment Crenshinibon a-t-il pu échouer entre les mains de cet homme ?

— Il n'a aucun droit sur lui ! Kessell, un sorcier ? Bah ! A peine peut-on le qualifier d'apprenti. Sa langue fourche sur les incantations les plus simples. Le hasard est responsable de cette ignominie, une fois de plus. Qu'Akar Kessell jouisse de son triomphe ! Après tout, les humains meurent vite.

Drizzt poursuivit son dangereux interrogatoire.

Même face à pareil démon, il avait plus de chances de survivre que les assiégés.

— Mes maîtres craignent que l'assaut endommage la tour, bluffa-t-il.

Errtu réfléchit. L'irruption de l'elfe compliquait l'affaire à plaisir. Si les puissants seigneurs de Menzoberranzan avaient vraiment des vues sur la relique, le démon savait qu'ils l'auraient. Même avec le soutien de l'Eclat de Cristal, Kessell ne l'emporterait pas. La présence du Drow changeait tout. Comme Errtu aurait voulu n'avoir fait qu'une bouchée de l'encombrant sorcier pour disparaître avec la relique avant que les elfes noirs n'entrent en scène !

Pourtant, ces derniers n'étaient pas des ennemis à ses yeux alors qu'il n'avait que mépris pour Kessell. Peut-être une alliance serait-elle judicieuse, et profitable aux deux partis.

— Dis-moi, champion sans égal de la noirceur, Crenshinibon est-il en péril ?

— Même la tour, son reflet, ne risque rien. Ses miroirs absorbent les attaques et les renvoient à leur source. Seul le cœur de Cryshal-Tirith, le Cristal, est vulnérable. Il est à l'abri.

— A l'intérieur ?

— Bien sûr.

— Si quelqu'un pénétrait dans la tour, demanda Drizzt, serait-il en mesure de découvrir le cœur ?

— Impossible ! A moins que les pêcheurs aient quelque esprit à leur service... ou qu'un thaumaturge de grande force s'y risque. Tes maîtres n'ignorent pas que l'accès de Cryshal-Tirith est invisible et indétectable par les habitants de ce plan. Aucune créature du monde matériel, ta race incluse, ne pourrait s'y orienter.

— Mais...

— Même si quelqu'un y entrait accidentellement, il devrait me passer sur le corps. Le sorcier est devenu une véritable extension du Cristal...

Le démon s'arrêta soudain. Les seigneurs drows ne pouvaient ignorer tous ces détails !

Il comprit son erreur.

Il avait d'abord cru avoir affaire à une illusion, ou à un sorcier capable de changer d'apparence.

Convaincu qu'il s'agissait bien d'un elfe noir en chair et en os, il ne s'était plus méfié.

Il l'étudia de plus près. L'elfe n'avait pas d'arme magique. Peut-être ses maîtres avaient-ils pris toutes les précautions...

Mais les créatures du chaos survivaient en rayant le mot « confiance » de leur vocabulaire.

La seule preuve de l'infernal héritage de son interlocuteur était une mince chaîne d'argent passée autour de son cou ; un pendentif caractéristique y était accroché. Errtu distingua une seconde chaîne, étroitement mêlée à la première.

Prononçant un mot de pouvoir, il fit glisser à découvert le second médaillon.

Le sourire maléfique de la bête s'épanouit.

— Etrange choix pour un Drow... Je m'attendais au symbole de Lloth, la reine-démon de ton peuple. Elie ne serait pas heureuse !

Surgi du néant, un fouet à multiples lanières se matérialisa dans une main du démon, et une épée ébréchée dans l'autre.

Drizzt considéra mille possibilités en un éclair.

Il se refusa à mentir.

Il ne déshonorerait pas sa *véritable* déesse.

Au bout de la chaîne d'argent pendait un magnifique présent de Régis, qui l'avait profondément ému : l'exquise gravure, en cornedentelle, d'une tête de licorne blanche, symbole de la déesse Mielikki.

— Qui es-tu, Drow ?

*Un elfe noir, adorateur de la Déesse des Forêts ?*

Et qui vivait à la surface, par-dessus le marché ! En plusieurs siècles, Errtu n'avait jamais entendu parler d'une telle anomalie. Les Drows étaient une race de tueurs sanguinaires au cœur de pierre. Ces êtres effroyables avaient même appris à un démon de son envergure deux ou trois trucs en matière de tortures...

— Mon nom est Drizzt Do'Urden, cela au moins est vrai. Celui qui a renié la Maison Daermon Na's-hezbaernon. ( Il accepta avec calme un duel inéluctable. ) Je suis un humble ranger au service de Gwaeron Windstrom, le héros de la déesse Mielikki.

Il s'inclina et se redressa, cimeterres en main.

— Je dois te défaire, séide du Mal, et te renvoyer aux tourbillons des Abysses. Sous le soleil, il n'y a pas de place pour un être comme toi.

— Tu te méprends, elfe. Tu as perdu ton héritage, et tu oses présumer de ta victoire contre moi ! Je pourrais te tuer séance tenante d'un jet de flammes, par respect pour ta race. Mais ta fierté me surprend. Je vais t'apprendre à appeler la mort de tous tes vœux ! Viens te frotter à mon aiguillon !

La fournaise qui jaillit manqua submerger Drizzt et la clarté des flammes blessa ses yeux sensibles.

Errtu leva son épée.

Alors s'éleva un cri de douleur et de rage.

Guenhwyvar venait de bondir toutes griffes dehors.

Errtu tenta d'écraser le félin contre la roche pour l'empêcher d'atteindre ses organes vitaux.

Jugulant la douleur, il se concentra sur son adversaire. Il avait vu trop de victimes des félonies des elfes noirs.

Le coup de fouet cingla les jambes de Drizzt à une vitesse imparable ; d'une flexion de poignet, Errtu le déséquilibra.

Aveuglé et désorienté, Drizzt lutta pour garder l'équilibre.

En vain.

Jubilant, le démon le traîna dans la fournaise.

D'un seul coup, les flammes moururent sans blesser le Drow.

Abasourdis, les deux adversaires se crurent mutuellement responsable du phénomène.

Quand Errtu résolut de l'écraser sous son pied comme un insecte, Drizzt saisit le cimeterre pris dans l'antre du dragon.

Sifflant comme de l'eau sur le feu, la lame entailla le genou du monstre. Devenu incandescent au contact, le cimeterre manqua brûler l'elfe. Puis il se fit glacial, comme s'il aspirait les forces vitales de sa proie. Drizzt comprit ce qui s'était passé.

Horrifié, le démon hurla de souffrance. Jamais il n'avait ressenti une telle chose ! Il gigota grotesquement, tentant inutilement de fuir la morsure du froid. Emporté par l'élan du monstre fou de terreur, Guenhwyvar fut projeté contre une paroi.

Ebahi, Drizzt vit des vapeurs glaciales s'échapper de la plaie, dont les lèvres étaient blanches de givre !

Comme mû par la faim insatiable de son arme, l'elfe se sentit partir en avant, la lame tendue.

L'antre était trop étroit pour que la créature des Abysses puisse esquiver le coup.

Le cimeterre s'enfonça dans son ventre.

L'explosion qui suivit repoussa Drizzt en arrière, sans lui faire perdre tout à fait connaissance.

Affaibli, Errtu essaya de déployer ses ailes pour fuir. Il ne pouvait arracher la lame-vampire de ses entrailles.

Son imprudence et son arrogance lui coûtaient cher. Il n'avait jamais entendu parler d'une lame courbe possédant une telle puissance !

— Tu me bannis, Drow ! cracha-t-il.

Sonné, Drizzt vit naître un halo blanc qui gagnait inexorablement du terrain.

— Dans une centaine d'années, nous nous retrouverons, maudit elfe ! Qu'est-ce qu'un siècle, pour toi et pour moi ? Rien ! Je te retrouverai où que tu ailles !

Fulminant, le démon s'évapora.

Le silence se fit.

Le dernier bruit qu'entendit Drizzt fut celui du cimeterre tombant à terre.

# CHAPITRE XXVI

## LES DROITS DE LA VICTOIRE

Dans le hall de l'hydromel construit à la hâte, Wulfgar tapait nerveusement du pied. Respecter les traditions exigeait de la patience. Il avait évalué les bénéfices par rapport à l'urgence de la situation. Aux yeux des barbares, le retour des cérémonies et des célébrations lui donnait le dessus sur le défunt tyran.

Après tout, Wulfgar était reparu après une absence de cinq ans pour défier leur souverain. Le jour suivant, il avait été couronné roi de la tribu de l'Elan.

Il ne voulait pas recourir aux méthodes de son prédécesseur pour accélérer les choses. Il *demanderait* aux guerriers de le suivre dans la bataille. Il ne leur en donnerait pas l'ordre. Une fierté féroce animait tout barbare. En les dépouillant de leur dignité, comme il l'avait fait en refusant de reconnaître la souveraineté des autres chefs de clan, Heafstaag les avait rabaissés au rang de simples combattants. Contre les multitudes d'Akar Kessell, il fallait qu'ils retrouvent le goût de vaincre.

Pour la première fois en cinq ans, le hall de l'hydromel se dressait ; le Défi du Chant retentissait. Les tribus retrouvaient les joies de la compétition.

A l'autre bout du pavillon débutait un tournoi de lancer de hache.

Saisissant sa chance au vol, Wulfgar bondit de son siège et réclama l'honneur du premier jet. Il se mit d'accord sur une distance fabuleuse avec l'arbitre.

Des murmures incrédules s'élevèrent. Personne n'avait jamais tenté ce genre d'exploit avec un marteau de guerre !

Stupéfaits, les témoins virent leur jeune roi lancer son arme avec une force et une fluidité sans égales.

Le marteau fendit plusieurs chopes placées côte à côte, troua la tente et disparut dans la nuit.

Comme par magie, Aegis-fang revint entre les mains de son maître. Devant ce prodige, plusieurs guerriers tombèrent à genoux. Presque exterminés lors de leur dernière et désastreuse campagne, les clans attendaient un héros pour retrouver leur fierté d'antan.

Wulfgar sauta sur une table :

— Ecoutez-moi, guerriers des plaines du Nord ! Je suis Wulfgar, fils de Beornegar et roi de la tribu de l'Elan. Pourtant, je m'adresse à vous comme à de fidèles compagnons d'armes, aussi horrifié que vous du déshonneur que voulait nous infliger Heafstaag ! Je suis le pourfendeur du dragon ! Selon les droits de la victoire, ses trésors m'appartiennent ! Les tribus de la toundra ne peuvent combattre aux côtés des gobelins et des orcs ! ( Des cris d'approbation saluèrent la déclaration. ) Luttons contre eux !

La foule se tut. Un garde entra, sans oser interrompre le discours du jeune roi.

— Je pars pour Dix-Cités dès l'aube. Je m'opposerai au sorcier Kessell et à sa horde de monstres !

Personne ne réagit. S'ils accueillaient à bras ouverts l'idée de combattre Kessell, voler au secours de ceux qui les avaient écrasés ne leur était jamais venu à l'esprit.

Le messager choisit cet instant pour intervenir :

— Je crains que votre quête ne soit vaine, ô mon roi... La plaine du sud est en flammes.

Wulfgar considéra l'alarmante nouvelle. Il avait espéré avoir plus de temps.

— Alors partons cette nuit ! s'écria-t-il. Accompagnez-moi, mes amis ! Laissez-moi vous guider sur les chemins de la gloire !

La foule parut indécise. Wulfgar joua sa dernière carte :

— A tous ceux qui me suivront, ou à leur famille, s'ils tombent au champ d'honneur, j'offrirai une part égale du butin de Mortbise !

Venu comme une banquise détachée de la Mer des Glaces Mouvantes, il avait capturé le cœur et l'imagination des barbares, leur promettant un retour instantané à la prospérité et à la gloire.

La nuit même, l'armée de Wulfgar s'ébranla dans un roulement de tonnerre.

Pas un homme ne resta en arrière.

# CHAPITRE XXVII

## COMPTE À REBOURS

A l'aube, Bremen fut livré aux flammes. Ses habitants avaient opposé un semblant de résistance aux vagues de monstres pour laisser le temps aux barques les plus lourdes d'appareiller. Les envahisseurs enragés virent les embarcations rejoindre la flottille de Targos et de Termalaine.

Du haut des remparts, Cassius remarqua :

— Kessell vient de commettre une nouvelle faute.

— Comment ça ? demanda Régis.

— En détruisant leurs cités, il a mis les gens de Targos, de Termalaine, de Caer-Konig, de Caer-Dineval et maintenant de Bremen dos au mur. Ils n'ont nulle part où aller. Leur seul espoir est de triompher. Le sorcier se croit invincible. C'est son erreur, mon ami. Les animaux réduits aux abois, les pauvres qui n'ont plus rien à perdre, et les sans-abri à l'approche de l'hiver s'avèrent tous de formidables ennemis !

Régis s'en serait voulu d'assombrir ce bel optimisme. Mélancolique, il contempla au loin les cavernes obstruées des nains.

A la réunion suivante, Cassius décrivit chaque détail des lignes ennemies qu'il avait pu observer. Il mentionna les rivalités des orcs et des gobelins, et avança des estimations sur l'imminente détérioration de la cohésion des assiégeants.

Tout le monde convint que la pierre d'achoppement des forces adverses était la tour, Cryshal-Tirith. Déterminer les faiblesses de la structure de cristal serait crucial.

— Si le sorcier exerce un contrôle absolu sur son armée, poursuivit Cassius, toutes nos tentatives seront vaines. En conséquence, il nous faut supposer que l'impatience dont il fait preuve trahit des inquiétudes fondées. Il ne me semble pas un stratège exceptionnel. Ses démonstrations de puissance et ses destructions, qui visaient à nous terrifier, n'ont servi qu'à affirmer la détermination des survivants. Les rivalités de longue date de nos villes, qu'un chef avisé n'aurait pas manqué de tourner à son avantage, ont été oubliées devant la brutalité de Kessell. ( Tous l'écoutaient attentivement. Cassius était assuré du soutien général. Il dévoila son plan : ) Il veut rencontrer un émissaire. Si nous étions résignés à notre sort, Glensather ou moi serions un choix logique. Mais nous avons une autre option... L'un d'entre nous s'est taillé une *formidable* réputation à cause de ses pouvoirs de persuasion. Le charisme de Régis devrait nous gagner un temps précieux.

Le petit homme se sentit mal. Il s'était toujours douté que le rubis l'entraînerait à sa perte.

Maintenant que les contes le concernant couraient dans toute la région, il s'était accoutumé à sa nouvelle célébrité. Sans en envisager les aspects négatifs.

— Que l'ancien porte-parole de Bois Isolé nous

représente à la cour de Kessell, déclara Cassius, avec l'approbation générale. Peut-être notre ami parviendra-t-il à ramener le sorcier sur les voies de la raison et du bien !

— Vous vous méprenez, protesta Régis, ce sont des rumeurs...

— L'humilité est une saine vertu, mon bon, coupa Cassius. Nous apprécions vos doutes et applaudissons d'autant plus votre résolution de combattre Kessell !

Les yeux clos, Régis se tut. Son avis importait peu. Il avait assisté au Conseil pour apporter un soutien moral à ses amis. Jamais il n'avait eu l'intention de participer aux débats, encore moins de devenir la clé du plan de défense.

Quand le Conseil s'acheva, Cassius le retint.

— Vous auriez pu m'avertir ! s'écria Régis, indigné. Il me semble que j'avais mon mot à dire !

— Quel choix nous restait-il ? rétorqua Cassius. Au moins ai-je pu redonner à tous un peu d'espoir.

— Vous me surestimez.

— Ou c'est *vous* qui vous sous-estimez ? A la grâce des dieux... J'ai foi en vous, Régis. Je n'ai pas oublié votre tour de force avec Kemp, il y a cinq ans. Après cet exploit, Akar Kessell ne devrait vous poser aucun problème !

— Kessell n'est qu'un mage de pacotille, c'est entendu. Mais les sorciers ont plus d'un tour dans leur sac. Il ne se laissera pas prendre si facilement. Et vous oubliez le démon ! Inutile d'espérer l'emberlificoter !

— Espérons que vous n'aurez pas à l'affronter... En tout cas, il faut tout tenter. Bientôt, les dissensions de l'ennemi serviront notre cause. S'il y avait une alternative, croyez-moi, mon ami, je ne vous enverrais pas dans la gueule du loup.

Le désespoir de l'homme, sous sa façade optimiste, toucha Régis. Le plan ne manquait pas de logique. Le sorcier pouvait détruire Bryn Shander à tout instant. Il l'avait prouvé.

— Très bien. Je vous confie que j'ai bien des pouvoirs magiques. Toutefois, changer la nature des gens est au-delà de mes capacités. Je ne peux pas plus arracher Kessell aux forces du Mal que je pourrais convaincre Kemp de faire la paix avec Termalaine. J'ai simplement la possibilité d'*altérer* les perceptions des autres. Répétez-moi en détail vos observations, Cassius. Peut-être trouverai-je le moyen d'amener Kessell à douter de ses certitudes !

Son éloquence abasourdit le politique. La détermination du petit homme était de bon augure.

— Nous savons que Kemp a pris le commandement des quatre cités de Maer Dualdon, répondit-il. De même, Jensin Brent et Schermont n'attendent qu'un signe. Alliés aux flottes d'Eaux Rouges, ils devraient constituer une puissante force de frappe ! Kemp a juré de se venger. Je doute qu'aucun de ses hommes se rende ou songe à fuir.

— Où iraient-ils ? murmura Régis, mélancolique.

Glensather fit irruption dans la salle :

— Le sorcier est réapparu ! Venez !

Les trois hommes se précipitèrent sur les remparts.

— Si abuser Kessell est au-delà de mes forces, chuchota Régis, que dois-je faire ?

Cassius baissa les yeux vers les milliers de femmes et d'enfants pressés dans la cité.

— S'il n'y a aucun moyen de le dissuader... vous avez ordre d'annoncer notre reddition.

*
* *

Prenant son courage à deux mains, sans plus réfléchir à ce qui l'attendait, Régis passa les portes de la ville et sortit affronter Akar Kessell.

Révulsé par l'apparence et la puanteur des trolls, il dut faire appel à toute sa détermination pour approcher de la projection en relief de l'irascible thaumaturge.

Surpris, ce dernier demanda :

— Es-tu le représentant officiel de Bryn Shander ?

— Je suis Régis de Bois Isolé, ami de Cassius et ancien membre du Conseil. J'ai été désigné.

— M'annonces-tu votre reddition sans condition ?

— Je désirerais un entretien privé, puissant sorcier, afin d'en discuter.

— *Comment ?* Tu vas payer ton insolence !

— Attendez ! supplia Régis.

Le rubis rouge attira l'attention de l'apprenti tyran. Il trouva la pierre fascinante.

— Très bien, petit homme, fit-il, pris d'une étrange langueur. Je t'entendrai en privé.

Sous influence télépathique, les trolls inclinèrent les miroirs pour capturer le reflet de l'envoyé. Il fut aussitôt projeté dans la tour de cristal.

La nuit tombait.

*
* *

La vision brouillée, Drizzt reconnut la silhouette de son fidèle ami, qui veillait sur lui. L'énergie pompée par le duel, l'elfe était resté inconscient toute la journée.

Blessé, ivre de fatigue, Guenhwyvar était mal en point. Chaque minute de plus passée dans le monde matériel le vidait de ses forces. Drizzt caressa son encolure. Il allait lui demander un sacrifice plus grand encore : l'accompagner jusqu'à Cryshal-Tirith pour en repérer l'entrée.

Seule un être magique le pouvait.

# CHAPITRE XXVIII

## CASCADES DE MENSONGES

Régis se trouvait dans une pièce carrée remplie d'insolites miroirs ouvragés. Le plus grand reflétait des flammes venues d'une autre dimension.

— Bienvenue ! ricana le sorcier, affalé sur son trône. J'espère que tu apprécies l'honneur qui t'est fait. Tu pardonneras ma surprise initiale. Qui eût cru que les molosses de Dix-Cités enverraient un petit homme à leur place !

Manifestement, le thaumaturge n'était plus sous le charme du rubis. La pièce regorgeait de sombres pouvoirs. Au sein de la tour, le sorcier à la psyché fragile redevenait sûr de lui.

— Parle maintenant ! Ou ta mort sera des plus déplaisantes !

Décontenancé, Régis sentit une volonté d'acier s'insinuer dans ses pensées et s'emparer de lui. La source était une entité étrangère au sorcier. L'objet dissimulé dans un pli de sa tunique, peut-être ?

Mais le petit peuple bénéficiait d'une immunité naturelle aux manipulations. Le rubis l'aida à repousser l'invasion mentale. Une idée lui vint à l'esprit : imiter la langueur des victimes de tels sorts. S'interdisant de ciller malgré la douleur, il adopta un regard vide, une posture voûtée.

— Que voulez-vous savoir, maître Kessell ?

— Bien. Reconnais-le : l'histoire que tu allais me conter n'était que sornettes.

— Oui, afin de vous faire douter de vos alliés.

— Dans quel but ? Bryn Shander sait que je peux l'écraser à ma guise. Pourquoi cet entêtement ?

— Cassius voulait gagner du temps et fuir.

— Avec mon armée, toute percée est impossible !

— Vous surestimez peut-être vos forces...

Régis retint un sourire. Ses cascades de mensonges l'amusaient.

— Comment cela ? demanda Kessell, le front plissé.

— Les orcs vivent dans la région depuis des mois. Une tribu a commercé avec les pêcheurs. Même si elle a répondu à votre appel comme les autres, sa loyauté leur reste acquise. Un retournement d'alliances se prépare.

Kessell se frotta le menton. Etait-ce possible ? Errtu était-il derrière tout ceci ?

— Qui me trahit ?

— La tribu de la Langue Coupée, pour l'instant envoyée à Bremen. Dès son retour, elle créera une rupture dans votre flanc gauche au moment où Cassius fera une sortie. Vous serez réduit à le poursuivre jusqu'à Luskan !

Le plan présentait de nombreuses failles. Mais les désespérés ne reculaient devant rien.

— Les imbéciles ! gronda Kessell. Je vais leur apprendre qui est le maître ! Ne bouge pas d'ici.

*
* *

226

Du haut de la montagne, Drizzt assista comme les autres au curieux manège des cohortes d'Akar Kessell. Toutefois, il n'avait pas le temps de s'interroger sur sa bonne fortune. Armé de ses deux inséparables cimeterres, d'une dague et de deux couteaux, ainsi que du petit sac de farine, un souvenir sentimental, il se mit en route au plus vite, Guenhwyvar sur les talons.

En vue du campement, il repéra avec soin la fréquence des rondes avant de frapper. Sa première victime n'entendit pas siffler dans l'air la dague qui lui vola la vie. Ombres de la Mort, le félin et l'elfe n'eurent aucune peine à s'infiltrer dans les premiers cercles de monstres. L'aube pointait. Il fallait faire vite.

A l'entrée de Cryshal-Tirith, un groupe d'ogres armés jusqu'aux dents doucha l'enthousiasme du Drow. Rebrousser chemin était hors de question. Les affronter signifiait aller à une mort certaine.

Au nord-est, des cris s'élevèrent. Des cliquetis métalliques retentirent peu après. Des tribus rivales devaient en être venues aux mains.

Les ogres partirent se joindre à la mêlée. C'était l'occasion ou jamais. Drizzt fonça, guidé par la panthère.

Les gardes ne les virent pas passer.

Etonné par les étranges matériaux transparents qui l'entourait, l'elfe noir eut l'impression de pénétrer à l'intérieur d'une entité vivante.

Il entra dans une salle carrée, lieu habituel de réunion de Kessell et de ses généraux.

Il sentit une présence étrangère. Grondant doucement, le félin se hérissa.

C'était l'endroit où Kessell logeait ses trolls.

# CHAPITRE XXIX

## AUTRES OPTIONS

Avant le coucher du soleil, les nains eurent creusé de nouvelles cheminées secrètes sous le terrain qu'occupait l'ennemi. Gobelins et orcs ne suspectèrent rien. Le complexe entier était prêt à s'effondrer si les nains devaient battre en retraite ou prévenir une incursion ennemie. Le visage enduit de suie, armes et armures enveloppées de linges noirs, les petits combattants s'alignèrent sous les conduits verticaux. A l'instant où Bruenor allait donner le signal, un soudain vacarme l'arrêta. On criait de tous côtés « *A mort, ceux de la Langue Coupée !* »

Ce ramassis de rivaux invétérés se lézardait-il enfin ?

L'assaut nocturne devait être différé. Cependant, les nains ne se dispersèrent pas. Ils attendraient la nuit entière l'occasion de frapper, s'il le fallait.

Enfin, le tumulte s'apaisa. Les ronflements reprirent. Satisfait, Bruenor donna le signal.

Le clan surgit du sol en silence et égorgea les dormeurs avec méthode. S'ils ne goûtaient guère l'assassinat de sang-froid, les nains comprenaient l'importance de semblables tactiques. De plus, les gobelins n'avaient aucune valeur à leurs yeux.

Nombre de monstres furent plongés dans un silence éternel.

Quand un garde donna enfin l'alerte, plus d'un millier avaient été égorgés dans leur sommeil.

Bruenor n'ordonna pas une retraite immédiate. Les premières réactions ennemies seraient désordonnées. L'occasion était trop belle.

En rangs serrés, les nains taillèrent les gobelins en pièces. Graduellement, les sbires de Kessell se réorganisèrent. L'élite des ogres intervint à son tour.

Au moment de se replier, Bruenor temporisa de nouveau.

Il venait d'entendre un chant ancien qui l'eût glacé d'effroi quelques années plus tôt.

A présent, il remplissait son cœur d'espoir.

*
* *

A son insu, Drizzt avait déclenché une alarme magique. Les trolls surgirent des miroirs et fondirent sur l'intrus. Il eut beau les hacher menu, les membres et les têtes coupés, comme animés d'une vie indépendante, continuaient de s'agripper à lui, de le griffer et de le mordre. Précédé du félin, l'elfe monta un escalier.

La pièce carrée n'avait pas d'issue. Les trolls étaient à sa poursuite.

Un grand miroir reflétait une tapisserie aux couleurs passées. Soupçonnant une entrée invisible, Drizzt récita tous les mots de pouvoir de son répertoire, sans résultat.

Contrôlant sa révulsion face à la puanteur des

monstres qui approchaient, l'elfe se concentra sur les motifs de la tapisserie. Il y avait sûrement une clef cachée. Les sorciers n'adoraient-ils pas les défis ?

Un détail retint son attention : des lignes brodées, dont les couleurs vives contrastaient avec la pâleur du reste. Un ajout de Kessell ?

*Viens si tu l'oses*
*Te joindre à l'orgie*
*Mais trouve d'abord la clef !*
*Invisible et pourtant visible*
*Existante et pourtant inexistante*
*Une poignée que la chair ne peut toucher*

« *Existante et pourtant inexistante...* » Drizzt se remémora cette référence, bien connue à Menzoberranzan. Du temps où ses ancêtres vivaient à la surface, le démon Urgutha Forka avait lancé une épidémie sur la planète entière. Les elfes blancs n'avaient jamais cru à l'existence du démon, imputant la catastrophe à leurs cousins à peau sombre. Naturellement immunisés contre cette peste, les Drows, sachant à quoi s'en tenir, s'étaient fait un allié d'Urgutha.

Leurs cousins blancs, victimes par milliers de la malfaisance d'une créature dont ils niaient l'existence... La plaisanterie était bonne.

A hauteur de ceinture, dans un coin du miroir, Drizzt repéra une représentation du démon dans son infernale splendeur. Il fracassait le crâne d'un elfe blanc avec un bâton noir, son symbole. Il n'y avait rien d'anormal.

Les trolls passaient le dernier tournant de l'escalier en colimaçon. Soudain, Drizzt remarqua l'absence du bâton sur la tapisserie.

« *Invisible et pourtant visible.* »

Luttant contre la frustration et la panique, l'elfe se plaça devant le miroir et referma le poing là où devait se trouver le bâton infernal.

230

Une mince fissure se découpa sur le verre lisse.

Quand les trolls surgirent, Drizzt et son fidèle compagnon s'étaient volatilisés.

Soulagé, le Drow referma l'étrange porte. Il se glissa vers une pièce d'où montaient des rires : le harem d'Akar Kessell.

Dans la salle jonchée de coussins mœlleux, les filles, l'esprit vidé, riaient comme des enfants. Même si elles l'apercevaient, ces créatures brisées ne pourraient rien tenter contre lui.

Mais Drizzt se défiait des boudoirs aux rideaux tirés. Il ne pouvait se permettre la moindre erreur. Arrivé au troisième niveau, l'elfe se détendit un peu.

D'abord ténu, un carillonnement inconnu augmenta d'intensité : la structure entière s'animait. Les premières lueurs de l'aube avaient atteint le sommet de la tour.

Surgirent Kessell, une chandelle éteinte en main, et Régis, l'air absent.

— Entrez donc, mon ami, ironisa le seigneur des lieux. Bienvenue en mon humble logis. Ne craignez rien pour les trolls que vous avez blessés. Ils se remettront vite !

Il partit d'un rire sauvage.

Drizzt se sentit penaud. Tant de précautions et de ruse pour le plus grand amusement de l'ennemi ! Mains sur les pommeaux des cimeterres, il avança, mal à l'aise. Régis était-il victime d'un enchantement ? Guenhwyvar resta tapi dans l'ombre.

— Je te connais, elfe noir ! dit Kessell, menaçant. Tout homme vivant à Dix-Cités a entendu parler de Drizzt Do'Urden ! Alors, je te préviens : ravale tes mensonges, ne gaspille pas ta salive.

— En vérité, sorcier, tu parais plus sage que ton démon.

L'arrogante assurance de Kessell en prit un coup. Voilà pourquoi Errtu faisait la sourde oreille à ses appels depuis quelque temps. En réalité... Se pouvait-il que ce guerrier solitaire soit venu à bout d'un démon ? Cela paraissait incroyable.

— Même si tu as entendu parler de moi, Akar Kessell, permets-moi de me présenter : je suis Drizzt Do'Urden, ranger de Gwaeron Windstrom, gardien du Val Bise. Je suis venu te tuer.

Les cimeterres volèrent dans ses mains.

La chandelle que tenait Kessell s'alluma, sa lumière étant réfléchie à l'infini par les miroirs. Trois rayons convergeant emprisonnèrent l'intrus dans un faisceau triangulaire. Sentant leur puissance, Drizzt ne tenta pas de les traverser.

Le jour pénétra à flots dans la salle.

— Croyais-tu pouvoir m'occire aussi facilement ? s'exclama Kessell, incrédule. Je suis le tyran du Val Bise, sombre imbécile ! Contemple la plus grande armée qui ait jamais arpenté les steppes glacées !

Un miroir de clairevision offrit au captif une image des corps d'armée... D'une flexion du poignet, le sorcier focalisa la représentation sur la section d'où montait le tumulte d'un combat...

Un millier de fervents partisans approchaient, Wulfgar en tête. Les monstres ne se doutaient de rien. Orcs et gobelins accueillirent leurs « alliés » avec force vivats...

... Et moururent, l'étonnement se lisant sur leur visage bestial.

Les yeux écarquillés, tremblant de rage, le sorcier balaya d'un geste la scène offensante.

— Qu'importe ! Ils ne perdent rien pour attendre. Bryn Shander s'abîmera dans les flammes ! Mais toi, traître à ta patrie, quels dieux peux-tu encore implorer ?

Il souffla sur la flamme de sa bougie. Un rayon dévié perça le cimeterre du Drow et la main qui le tenait. Grimaçant de souffrance, Drizzt lâcha l'arme.

Les mâchoires serrées, il défia du regard son tortion-naire. Après quelques essais visant à le terrifier, Kessell dut admettre que jamais l'elfe ne le supplie-rait. Lassé, il s'apprêta à le tuer.

Régis moucha la flamme.

Pétrifié, Kessel regarda le petit homme sans com-prendre. Comme surpris par sa propre bravoure, ce dernier haussa les épaules.

Paniqué, le tyran fuit en empruntant une échelle dissimulée dans l'ombre, à l'autre bout de la pièce. Drizzt venait de se libérer, quand deux molosses sataniques surgirent d'un miroir.

Percutant Régis au passage, Guenhwyvar bondit sur le premier. Les deux bêtes roulèrent sur le sol, tour-billon de fauves et d'ocre.

La seconde créature cracha le feu sur Drizzt. Une fois de plus, cela n'eut aucun effet. Stupéfait du pouvoir du cimeterre noir, il ne se perdit pas en conjectures et se lança à la poursuite du sorcier. Il accéda à l'étage supérieur, où le cœur cristallin de Cryshal-Tirith pulsait plus fort à mesure qu'augmen-tait l'éclat du soleil. En forme de glaçon à quatre facettes, c'était l'exact reflet de Crenshinibon.

Un mur lumineux le séparait du sorcier.

— Frappe donc, pauvre fou ! ricana ce dernier. *Rien* ne peut entailler sa surface lisse.

Drizzt était assez rusé pour comprendre que la force se révélait inutile contre certains adversaires. Il y avait toujours d'autres options.

Intrigué, Kessell le vit dénouer une corde passée à sa taille et brandir un petit sac.

Il eut l'inconfortable sentiment que cet elfe noir était plus dangereux qu'il l'avait cru.

Crenshinibon ordonna à son extension vivante de tuer l'intrus d'un rayon magique.

Une peur soudaine paralysa Kessell.

Concentré sur sa tâche, Drizzt jeta le contenu du sac - de la farine - sur le Cristal.

Ce dernier noircit.

La paroi lumineuse s'évanouit.

Drizzt savait disposer de quelques instants seulement.

Cela lui suffisait. Il enroula la cordelette autour du Cristal et tira, tenant de l'autre main le sorcier en respect.

La tour trembla sur ses fondations.

Les deux ennemis surent que la fin était proche.

— Je t'ai vaincu, Akar Kessell. Ta brève tyrannie s'achève ainsi.

— Tu viens de signer ton arrêt de mort, crétin ! Tu mourras écrasé comme moi.

Le tremblement s'intensifia.

— Qu'il en soit ainsi, lâcha l'elfe, haussant les épaules. Mon but est atteint.

Désespéré, Kessell fit volte-face et bondit dans un miroir-fenêtre. Au lieu de le traverser et de s'écraser en bas, il s'évanouit.

Le sol se craquelait.

— Régis ! hurla Drizzt.

La tour s'écroulait inexorablement. N'ayant pas le choix, l'elfe bondit à la suite de son ennemi.

# CHAPITRE XXX

## LA BATAILLE DU VAL BISE

Aux premières lueurs de l'aube, découvrant les ravages faits par les nains, les assiégés poussèrent force acclamations. Voir les barbares tailler en pièces leurs ennemis les remplit de stupéfaction.

Soudain, Cryshal-Tirith s'effondra.

— Régis, chuchota Cassius, debout à son poste habituel. Quel héros nous avions parmi nous sans le savoir !

L'armée de monstres n'en crut pas ses yeux : ainsi finissait le bastion de celui qu'ils révéraient comme un dieu !

Les cors de Bryn Shander résonnèrent triomphalement. A Maer Dualdon, les résistants de Kemp crièrent leur joie. Le message fut répercuté du lac Dinneshere à Eaux Rouges : « Sus à l'ennemi ! »

L'armée réunie à Bryn Shander sortit de la ville assiégée ; les flottes de Caer-Konig, Caer-Dineval, Belle-Prairie et de la Brèche de Dougan firent voile vers l'est.

Dans un tourbillon chaotique commença la bataille finale du Val Bise.

Aux côtés de Cassius et de Glensather, les soldats de Bryn Shander et de Havre du Levant luttaient au corps à corps contre les gobelins. Les deux chefs espéraient percer les rangs ennemis et faire la jonction avec les forces de Bruenor. Quelques instants plus tôt, ils avaient vu les barbares tenter la même manœuvre. Si les trois armées parvenaient à se rejoindre, les chances de victoire s'en trouveraient augmentées.

Dépassés par les événements, les monstres cédèrent du terrain.

Quand les quatre flottes de Maer Dualdon accostèrent, elles affrontèrent la même valetaille désorientée. Les gobelins de Termalaine avaient voulu prêter main-forte à leur sorcier avant que la tour s'effondre. Devant ce désastre sans précédent, ils avaient préféré fuir.

*
* *

Propulsé sur la cime du Cairn de Kelvin, Drizzt, toujours armé du cimeterre magique, se remit péniblement en route.

La bise sifflant à ses oreilles charriait les ricanements démentiels du sorcier.

Penché sur un précipice, il l'aperçut qui tentait d'apercevoir la bataille.

— Kessell ! hurla Drizzt. Au nom de Dix-Cités, j'exige ta reddition immédiate !

— Crois-tu avoir gagné ?

— J'ignore ce qui se passe dans la plaine, mais tu es vaincu ! Ta tour détruite, tu redeviens un minable illusionniste !

— Veux-tu assister à la bataille, Drow ? Regarde !

Il tira de sa tunique un éclat de cristal. Les nuages semblèrent reculer ; le vent mourut. A la lueur maléfique, Drizzt sentit le sang circuler de nouveau dans son corps ankylosé.

— La tour détruite ? railla le thaumaturge. Tu as tout juste renvoyé au néant un des innombrables reflets de Crenshinibon ! Un peu de farine contre la plus redoutable relique du monde ? Contemple le sort des imbéciles qui osent me défier !

Une suite de tableaux se découpèrent devant eux : voiles blanches accostant, assaut enragé des résistants contre des monstres désorientés, dont beaucoup préféraient fuir sans demander leur reste ; barbares luttant au côté des nains et des citadins, naguère leurs ennemis...

— Si j'en crois mes yeux, l'issue de la bataille s'avère peu réjouissante pour toi, sorcier. Les « imbéciles » de Dix-Cités n'ont pas encore mordu la poussière !

Le Cristal à bout de bras, Kessell fit s'immobiliser les combattants. Gobelins, orcs, ogres, barbares, nains, citoyens... tous sentirent l'aura du Mal ; tous virent l'éclat surnaturel briller au sommet de la montagne. Avec des hurlements enthousiastes, les monstres retrouvèrent du cœur au ventre et reprirent la mêlée de plus belle.

Ne prêtant aucune attention à la jubilation du sorcier, Drizzt remarqua les mares d'eau qui s'étendaient à ses pieds : la chaleur faisait fondre la neige. Son ouïe acérée perçut un lointain roulement venu des sommets.

Dans son arrogance, Kessel commettait une erreur fatale - sans doute la dernière d'une longue liste. Drizzt devait le distraire quelques instants encore. Oubliant la futilité du geste contre un adversaire en étroite symbiose avec Crenshinibon, l'elfe noir lança son poignard et fuit à toutes jambes. Un rai lumineux désintégra la lame en plein vol.

— Chien ! Blasphémateur ! écuma le sorcier, outragé. A toi l'insigne honneur d'être ma première victime du jour !

Au moment de pointer la relique vers la silhouette du Drow, Kessell s'enfonça dans la neige fondue jusqu'aux genoux.

Il entendit à son tour le lointain grondement.

Drizzt courut à perdre haleine.

Concentration brisée par le désastre imminent, Kessell ne parvint pas à invoquer la puissance du Mal. Redevenu le pusillanime assassin de son bienfaiteur, il se sentit rejeté par le Cristal.

Las de tant d'échecs, Crenshinibon lui brûla les mains.

Des tonnes de rocs et de neige s'abattirent sur l'humain.

\*
\*\*

L'armée de monstres assista à l'ultime défaite de son dieu. Les deux derniers verbeegs ayant pris le commandement rappelèrent les ogres et les tribus d'orcs et de gobelins. Seule la peur de l'ennemi maintenait encore un semblant de cohésion entre les communautés rivales.

Bruenor et Wulfgar, de nouveau réunis, ne manquèrent pas de prendre pour cible les géants. Eux morts, ce serait la débandade la plus complète chez l'adversaire.

Survolant les rangs de monstres, Aegis-fang siffla dans les airs et fracassa le crâne d'un premier verbeeg. Eberlué par cette incroyable démonstration de force et d'adresse, le second s'enfuit.

Adorant les mêlées confuses, Bruenor se faufila

dans les rangs des ogres et donna de la hache, tailla-
dant jambes, genoux et entrejambes à tour de bras.

*
* *

La bataille fit rage toute la matinée. L'épuisement
des antagonistes n'apaisait en rien la colère bouillant
dans leurs veines.

Inexorablement, les chefs étaient isolés de leurs
troupes désemparées. Incapables de sublimer davantage leurs rivalités, même en présence d'un ennemi
commun, certains monstres se battirent entre eux.
D'épais nuages de poussière enveloppaient les plus
féroces mêlées.

Seuls les nains gardèrent leur formation de combat.
Ceux de Bryn Shander les rejoignirent aux côtés des
barbares. Sans atermoiements, Wulfgar et Cassius
eurent la sagesse de s'accorder une confiance de
circonstance. Des ennemis intelligents savent faire
abstraction de leur animosité devant un danger plus
grand.

Ensemble, ils l'emporteraient contre les monstres.

Toutefois, des milliers d'entre eux n'étaient pas
encore venus au contact. Cassius dut ordonner à ses
hommes épuisés de battre en retraite à l'abri des
murailles.

Wulfgar enjoignit à ses guerriers de les suivre. Ils
n'avaient pas le choix.

Venues de l'est, les troupes humaines avaient effec-
tué une percée des plus spectaculaires dans les rangs
ennemis. Schermont et deux autres représentants du
sud tués, Jensin Brent restait seul pour mener les
hommes à la victoire.

Devant une bataille d'une férocité inouïe, les renforts restèrent sans voix. Jamais ils n'avaient vu
pareille fureur.

Si Cassius et les siens semblaient se replier sans problème, ceux de Maer Dualdon, en revanche, étaient cernés de tous côtés.

— En avant ! cria Brent. Mort aux monstres !

Les combattants retrouvèrent un peu d'énergie pour voler au secours de leurs camarades.

Ravis de ce soutien inattendu, les hommes de Kemp purent se replier au nord de la colline. Les derniers soldats gagnèrent les portes de la ville en même temps que les nains et les barbares.

Ogres, géants, verbeegs exterminés ; Cryshal-Tirith réduite à un tas de pierres noires ; Kessell enterré sous des tonnes de glace...

Le tribut était lourd, en effet.

Repliés sur la colline, les derniers carrés de résistants faiblissaient. Leur détermination à ferrailler jusqu'au dernier souffle ne faisait neanmoins aucun doute.

Les orcs et gobelins survivants connurent l'angoisse. A quoi bon poursuivre une guerre perdue d'avance ? Même s'ils dépassaient encore en nombre les humains, ces derniers vendraient chèrement leur peau.

Quelle tribu voudrait s'approprier alors une victoire qui ressemblait déjà furieusement à une défaite ?

Sans compter que le « partage » du butin ferait encore couler beaucoup de sang...

Rien ne s'était déroulé comme l'avait assuré Akar Kessell.

# ÉPILOGUE

La victoire.

Une piètre consolation pour Cassius, Kemp et Jensin Brent, qui observaient le carnage. Il étaient trois porte-parole à survivre. Les sept autres avaient péri.

— Nous avons gagné, déclara sombrement Cassius.

La moitié de la population mâle de Dix-Cités était tombée les armes à la main. La moitié des survivants mourrait encore de ses blessures. Quatre villes avaient été rasées et une saccagée.

La victoire avait un goût amer.

Les barbares aussi étaient mal en point. Pour la plupart jeunes et sans expérience, ils s'étaient battus avec ténacité et panache, accueillant la mort comme la plus glorieuse des amantes.

Les moins rudement touchés étaient les nains, presque tous vétérans d'innombrables conflits.

— Ce soir, annonça Cassius à ses collègues, Kemp parlera au nom des villes de Maer Dualdon ; Jensin Brent, pour les populations des autres lacs.

— Il y a beaucoup à faire, et l'hiver est à nos portes, dit Jensin Brent.

— Nous survivrons ! affirma Kemp avec sa hargne habituelle. Quoi qu'il nous en coûte..., ajouta-t-il devant la morosité plus réaliste de ses confrères.

— C'est également vrai pour mon peuple, dit une voix altière. Je requiers une place au Conseil, Cassius. En ces temps difficiles, nous avons beaucoup à partager.

Surgissant du carnage, le géant Wulfgar, crotté et couvert de sang, les rejoignit.

— S'il faut des bêtes de somme, gronda Kemp, on achètera des bœufs.

Le menaçant d'un regard noir, Cassius se tourna vers leur nouvel allié :

— Tu es le bienvenu parmi nous, Wulfgar. Nous vous devons beaucoup, désormais. Pourquoi être venus à notre secours ?

Ignorant l'insulte de Kemp, le barbare répondit :

— Nous avions une dette à payer. Il reste un espoir pour améliorer la vie de nos peuples. Nous connaissons la toundra mieux que les yétis ! Sachant comment y survivre, nous pourrions beaucoup vous apprendre...

— Bah ! renifla Kemp, dédaigneux.

Cassius lui intima le silence.

— Qu'aurions-nous à gagner à une telle alliance ?

— Nous détenons les trésors d'un dragon... Mais l'or et l'argent ne réchauffent personne, l'hiver venu, pas plus qu'ils ne nourrissent les affamés.

« Vous avez beaucoup à reconstruire. Nous vous aiderons. En retour, Dix-Cités nous offrira une vie meilleure. Pour l'instant, nous avons *besoin* les uns des autres. Affaiblis, nous sommes d'autant plus vulnérables aux rigueurs du climat. Ensemble, nous survivrons à l'hiver. »

— Tu m'intrigues et me surprends, admit Cassius. Etablissons un plan de secours au plus vite.

A cet instant, Wulfgar saisit le représentant de

Targos par le col de sa chemise et le souleva de terre d'une poigne de fer.

— Je suis responsable de mon peuple, gronda le barbare. C'est pourquoi je n'ai pas relevé ton offense. Quand je ne serai plus roi, un conseil : ne croise pas mon chemin !

D'une torsion du poignet, il le projeta des mètres en arrière.

Hébété, Kemp ne réagit pas.

Cassius et Brent ricanèrent en catimini.

Un bras bandé, couverte de poussière, une jeune fille approcha. La reconnaissant, Wulfgar se précipita.

— Je ne suis pas gravement blessée, le rassura Catti-Brie, stoïque. Sans l'intervention de Bruenor, je n'ose penser à ce qu'il me serait arrivé...

— Tu l'as revu ?

— Une poignée d'orcs avait réussi à se faufiler dans les tunnels vides. Peut-être aurais-je dû déclencher l'éboulement, comme prévu. Cependant, ils n'étaient que quelques-uns. J'ai hésité... Des ennemis supplémentaires sur les talons, Bruenor est arrivé. Une poutre est tombée. ( Devant l'interrogation muette du jeune homme, elle détourna la tête. ) Il te réclame...

*
\* \*

Quand Drizzt, après avoir dévalé les pentes à toute vitesse, rejoignit les ruines de la tour, la bataille était finie.

Il se morigéna de sa stupidité. A supposer que ses amis n'aient pas été ensevelis sous les décombres, où pouvait-il espérer les retrouver ?

Refusant d'entendre raison, il s'entêta à chercher. C'était ce qui le distinguait de son peuple, et ce qui l'avait finalement conduit à s'exiler : la compassion.

A mains nues, il repoussa les gravats et les blocs,

n'hésitant pas à s'aventurer dans des failles profondes. Sa main gauche brûlée lui était inutile ; la droite saigna bientôt à force de gratter la terre.

Son entêtement fut récompensé : il sentit bientôt une aura magique. D'entre deux pierres, il ramena une figurine en onyx. Tremblant, il l'examina attentivement. Elle n'avait subi aucun dommage.

Le cœur serré, il comprit que Régis devait être mort. L'éclat qui attira son attention - celui du rubis -, au même endroit, confirma ses craintes.

— C'est un tombeau à ta mesure, brave petit ami, chuchota-t-il.

Mais pourquoi la pierre magique et la chaîne ne portaient-elles aucune trace de sang ?

— Guenhwyvar, viens à moi, mon ombre.

Les volutes noires précédèrent l'apparition du grand félin, indemne et revigoré.

Soudain, une seconde forme se matérialisa sous les yeux de l'elfe : Régis !

— Drizzt ! s'écria le petit homme. Splendide ! En plus, tu as retrouvé mon rubis !

Le Drow le lui rendit. Ainsi, le félin pouvait emmener quelqu'un avec lui ? Une intéressante perspective... Il ne manquerait pas d'en explorer les possibilités.

Les jambes mal assurées à la vue de l'hécatombe, Régis accepta l'aide de son ami pour marcher.

Des survivants se précipitèrent vers eux :

— Pourfendeur de sorcier ! Ruine des tours maléfiques ! s'écria-t-on avec un fol enthousiasme. ( Régis fut hissé sur des épaules. ) Tu dois venir siéger au Conseil. Toi aussi, Drow, si tu y tiens...

Amusé, Drizzt déclina l'offre.

*
* *

La joie du Drow fut de courte durée.

Deux nains à la triste mine le hélèrent :

— Il est bon de te revoir, ami elfe...

— Bruenor ? devina-t-il aussitôt.

— Il n'en a plus pour longtemps... Il te réclame.

Sans rien ajouter, ils le menèrent dans les tunnels.

Tête baissée, Wulfgar et Catti-Brie se tenaient près du nain à demi écrasé sous une poutre. La respiration sifflante, il avait la tête et les bras enveloppés de bandages ensanglantés.

Refoulant ses larmes, Drizzt approcha :

— Je suis venu, mon très cher ami.

— Pour m'aider à... partir ?

— A partir ? ( Il sourit. ) Tu en as vu d'autres ! Ne parle pas de mourir. Qui retrouverait Mithril Hall en ce cas ?

— Ah, ma patrie... ( L'agonisant parut rasséréné par ses vieux rêves. ) Tu m'accompagneras, dis ?

Ecrasés de chagrin, Wulfgar et Catti-Brie gardaient la tête baissée.

— Mais pas tout de suite, reprit le nain entre deux quintes de toux douloureuse, non ! Pas en plein hiver, au printemps...

Sa voix mourut, il ferma les yeux.

— Oui, mon ami, souffla Drizzt d'une voix rauque. Au printemps, je t'accompagnerai à Mithril Hall.

Bruenor rouvrit des yeux où brillait de nouveau un semblant de vie. Il sourit. L'elfe fut heureux d'apporter cet ultime réconfort à un ami.

Il surprit un sourire incompréhensible sur les lèvres des deux jeunes gens.

A sa stupéfaction, le « moribond » sauta sur ses pieds et arracha ses bandages.

— Je t'ai eu, elfe noir ! jubila Bruenor, au ravissement de ses amis. Tu as promis, et devant témoins !

Une fois remis du choc, Drizzt se renfrogna.

Le barbare et Catti-Brie avaient du mal à contenir un fou rire.

— Bruenor avait promis de me ramener à sa taille à coups de hache si je le trahissais ! expliqua Wulfgar devant l'air mauvais de l'elfe.

— Il aurait tenu parole ! renchérit Catti-Brie.

Tous deux s'éclipsèrent, prétextant un rendez-vous urgent à Bryn Shander.

Leurs éclats de rire s'entendaient de loin.

— Espèce de petit salaud ! rugit Drizzt...

... Avant de se précipiter sur le nain pour l'étreindre à bras-le-corps.

— De lourdes tâches nous attendent cet hiver, marmonna Bruenor contre sa poitrine. Le printemps arrivera plus vite que tu ne penses, et dès les premiers redoux, en route pour Mithril Hall !

— Où que cela nous mène, acquiesça Drizzt avec un rire joyeux, trop soulagé pour se mettre en colère

— Nous y arriverons, Drow ! exulta Bruenor. Ensemble, rien ne nous arrête !

# LES ROYAUMES OUBLIÉS

Entre parenthèses, après chaque titre, figure son numéro dans la collection ou (pour les ouvrages grand format) la mention GF.

## I. La séquence des Avatars
*Valombre*, par Richard Awlinson (1)
*Tantras*, par Richard Awlinson (2)
*Eau Profonde*, par Richard Awlinson (3)
*Le Prince des mensonges*, par James Lowder (21)
*Les Ombres de l'Apocalypse*, par Ed Greenwood (34)
*Le Manteau des Ombres*, par Ed Greenwood (35)
*… Et les Ombres s'enfuirent*, par Ed Greenwood (36)

Les dieux ont été chassés du Panthéon et se mêlent aux humains. L'histoire de Minuit et de Cynric, appelés à devenir de nouvelles divinités, a pour cadre trois villes légendaires et pour chef d'orchestre le sage Elminster, dont on reparlera dans la trilogie des Ombres, où il vole au secours de la déesse Mystra, menacée de perdre son pouvoir…

## II. La séquence d'Ombre-Terre et du Val Bise
*Terre natale*, par R.A. Salvatore (4)
*Terre d'exil*, par R.A. Salvatore (5)
*Terre promise*, par R.A. Salvatore (6)
*L'Eclat de cristal*, par R.A. Salvatore (15)
*Les Torrents d'argent*, par R.A. Salvatore (16)
*Le Joyau du petit homme*, par R.A. Salvatore (17)
*Les Revenants du fond du gouffre*, par R.A. Salvatore (18)
*La Nuit éteinte*, par R.A. Salvatore (19)
*Les Compagnons du renouveau*, par R.A. Salvatore (20)
*Vers la lumière*, par R.A. Salvatore (37)
*La Fille du sorcier drow*, par Elaine Cunningham (38)
*L'Etreinte de l'Araignée*, par Elaine Cunningham (39)
*Retour à la clarté*, par R.A. Salvatore (43)
*L'Epine Dorsale du Monde*, par R.A. Salvatore (GF)

Deux apports majeurs dus à R.A. Salvatore : le monde souterrain habité par les Drows, et Drizzt Do'Urden, l'inoubliable Elfe Noir. Le parcours initiatique d'un héros (d'Ombre-Terre au Val Bise), l'histoire d'une société hyperviolente (avec la contribution d'Elaine Cunningham) et une ode à l'amitié (Wulfgar, Catie-Brie, Bruenor Battlehammer…). Cerise sur le gâteau, l'aventure continue !

### III. La séquence des héros de Phlan

Une ville a… disparu ! Chargé de la retrouver, un groupe d'aventuriers conduit par le paladin Miltadies affronte tous les dangers.

### IV. La séquence de la Pierre du Trouveur

La quête d'identité d'Alias, une guerrière amnésique portant sur l'avant-bras droit des tatouages qui font d'elle une meurtrière sans pitié.

### V. La séquence de Shandril

L'histoire d'une jeune servante qui s'enfuit un jour de l'auberge de *La Lune Levante* et découvrira qu'elle est une magicienne. Par le créateur et grand maître d'œuvre des Royaumes.

### VI. La séquence du Clerc

La saga de Cadderly, érudit et magicien, de sa jeunesse à ce qui pourrait être la fin de sa vie… On retrouve la « patte » inimitable et les thèmes favoris – souvent sombres – du père de Drizzt Do'Urden.

### VII. La séquence d'Elminster

Tout sur le grand concurrent de Drizzt en matière de popularité… Et comme il a passé des dizaines d'années à sillonner les Royaumes, un magnifique voyage en prime !

## VIII. La séquence des Sélénæ

Un autre auteur majeur et un autre domaine réservé : les Iles Sélénæ, fabuleux archipel perdu dans un océan peuplé de monstres et de merveilles.

## IX. La séquence des Ménestrels

La saga de l'organisation secrète qui intervient partout où le mal menace de l'emporter dans les Royaumes. Chaque roman se passe dans un pays distinct, avec un ou des héros différents. Une séquence en cours de publication qui réserve encore de grands moments.

## X. La Trilogie des Mystères (octobre, novembre, décembre 2001)

## XI. Les romans transversaux

Des livres moins indépendants qu'on ne pourrait le croire : tout en précisant certains points de l'histoire des Royaumes, ils font reparaître nombre de héros des séquences ci-dessus.

## XII. La séquence du Chant et de l'Epée

*Les Larmes d'acier*,
par Elaine Cunningham (55)
*Le Sang des Ménestrels*,
par Elaine Cunningham (56)
*Le Prix des rêves*,
par Elaine Cunningham (57)

Pour la guerrière Arilyn Lamelune, la Ménestrelle Bronwyn et le sémillant Danilo Thann, l'heure a sonné d'en finir avec les secrets de leur passé. Mais dans les Royaumes, la vérité a un prix, et il est élevé…

*Achevé d'imprimer sur les presses de*

**BUSSIÈRE**

GROUPE CPI

*à  Saint-Amand-Montrond  (Cher)*
*en juillet 2002*